文春文庫

秋山久蔵御用控

付け火

藤井邦夫

文藝春秋

目次

「秋山久蔵御用控」江戸略地図

実際の縮尺とは異なります

日本橋を南に渡り、日本橋通りを進むと京橋に出る。京橋は八丁堀に架かっており、尚も南に新両替町、銀座町と進み、四丁目の角を右手に曲がると外堀の数寄屋河岸に出る。そこに架かっているのが数寄屋橋御門であり、渡ると南町奉行所があった。南町奉行所には〝剃刀久蔵〟と呼ばれ、悪人を震え上がらせる一人の与力がいた……

秋山久蔵御用控・登場人物

秋山久蔵（あきやまきゅうぞう）
南町奉行所吟味方与力。〝剃刀久蔵〟と称され、悪人たちに恐れられている。何者にも媚びへつらわず、自分のやり方で正義を貫く。「町奉行所の役人は、お奉行の為に働いてるんじゃあねえ、江戸八百八町で真面目に暮らしてる庶民の為に働いているんだ。違うかい」（久蔵の言葉）。心形刀流の使い手。普段は温和な人物だが、悪党に対しては、情け無用の冷酷さを秘めている。

弥平次（やへいじ）
柳橋の弥平次。秋山久蔵から手札を貰う岡っ引。柳橋の船宿『笹舟』の主人で〝柳橋の親分〟と呼ばれる。若い頃は、江戸の裏社会に通じた遊び人。

幸吉（こうきち）

弥平次の下っ引。

寅吉、雲海坊、由松、勇次、伝八、長八（とらきち、うんかいぼう、よしまつ、ゆうじ、でんぱち、ちょうはち）

鋳掛屋の寅吉、托鉢坊主の雲海坊、しゃぼん玉売りの由松、船頭の勇次。弥平次の手先として働くものたち。伝八は江戸でも五本の指に入る、『笹舟』の老練な船頭の親方。長八は手先から外れ、蕎麦屋を営んでいる。

神崎和馬（かんざきかずま）

南町奉行所定町廻り同心。秋山久蔵の部下。二十歳過ぎの若者。

蛭子市兵衛（えびすいちべえ）

南町奉行所臨時廻り同心。久蔵からその探索能力を高く評価されている人物。妻が下男と逃げてから他人との接触を出来るだけ断っている。凧作りの名人で凧職人として生きていけるほどの腕前。

香織（かおり）
久蔵の後添え。亡き妻・雪乃の妹。惨殺された父の仇を、久蔵の力添えで討った過去がある。長男の大助を出産した。

与平、お福（よへい、おふく）
親の代からの秋山家の奉公人。

おまき
弥平次の女房。『笹舟』の女将。

お糸（おいと）
弥平次、おまき夫婦の養女。

小川良哲（おがわりょうてつ）
小石川養生所本道医。養生所設立を公儀に建白した小川笙船の孫。

秋山久蔵御用控

付け火

第一話
藪医者

一

長月——九月。

秋も深まり、更衣《ころもがえ》の一日には帷子《かたびら》から袷《あわせ》になり、江戸の各所に秋祭りの笛や太鼓の音が流れる。

八丁堀岡崎町《はっちょうぼりおかざきちょう》の秋山屋敷の前庭では落葉が燃やされ、一条の煙りが揺れながら立ち昇っていた。

老下男の与平《よへい》は、前庭に散っている落葉を掃き集めていた。

「今日は、与平さん……」

柳橋《やなぎばし》の船宿『笹舟《ささぶね》』の娘のお糸《いと》が、船頭の親方の伝八《でんぱち》と共に表門を潜って来た。

「やあ、お糸ちゃん。伝八の親方……」

与平は、目尻の皺《しわ》を深くしてお糸と伝八を迎えた。

「皆さま、お変わりありませんか……」

お糸は微笑《ほほえ》んだ。

「ああ。奥さまと大助《だいすけ》さま、それにお福《ふく》も相変わらずだ。で、今日はなんだい」

「はい。結構な松茸が手に入りましてね。おっ母さんが、お持ちしろと……」

お糸は、抱えていた風呂敷包みを示した。

「そいつは良い。旦那さまの好物だ」

与平は、嬉しげに相好《そうごう》を崩した。

「それで、親方の猪牙舟《ちょきぶね》で持って来たんです」

「暫《しばら》くだね、与平さん」

伝八は、お糸を猪牙舟に乗せて柳橋から大川に出て下り、両国橋と新大橋を潜って三《み》ツ俣《また》に入った。そして、日本橋川を横切って亀島川に進み、お糸と共に岡崎町の秋山屋敷にやって来た。

「ああ。伝八の親方、相変わらず良い顔色しているな」

与平は、伝八の夏の陽差しに焼けた顔に感心した。

「じゃあ、与平さん、親方。私、台所に……」

お糸は、風呂敷包みを抱えて台所に向かった。

奥方の香織《かおり》が身籠もって出産する迄、手伝いとして住み込んでいたお糸にとり、秋山屋敷は勝手知ったる家だった。

「どうだい、伝八の親方……」

与平は、将棋の駒を打つ真似をした。

「そいつはいいが……」

伝八は、台所に行ったお糸を気にした。

「なあに、お福に摑まりゃあ半刻《はんとき》は放免されねえぜ」

与平は、己の女房の名を出して苦笑した。

「それもそうだな。じゃあ、やるか」

与平と伝八は、表門脇の腰掛けで楽しげに将棋の駒を並べ始めた。


お福の笑い声は、秋山屋敷の台所に明るく響いた。

「それで、うちの人ったら、大助さまの子守りをしている内に居眠りしちゃってね。もう涎《よだれ》を垂らして、どっちが赤ん坊か分かりゃあしませんよ」

お福は、ふくよかな身体を大きく揺らして笑った。

お糸は、大助を抱いてあやしながら笑った。

香織は、お糸が持って来た松茸に付いている土を濡れ布巾で拭きながら苦笑した。

「じゃあ、私も居眠りをしないように気をつけなきゃあ。ねえ、大助さま……」

お糸は、腕の中の大助に話し掛けた。

大助は笑った。

「ねえ。賢いでしょう。大助さまは……」

お福は、お糸に自慢げに告げた。

「只の偶然ですよ」

香織はお福を窘《たしな》めた。

「そうですかねえ……」

お福は、未練げに大助の顔を覗き込んだ。

大助は笑った。

「お糸ちゃん、とっても美味《おい》しそうな松茸。女将《おかみ》さんに呉々《くれぐれ》も宜《よろ》しくお伝え下さいね」

香織は小さく頭を下げた。

「はい。承知しました」

秋山屋敷の台所は、穏やかさに満ち溢れていた。

客を乗せた渡し船は、日本橋川を長閑《のどか》に横切っていた。

鎧之渡《よろいのわたし》は、日本橋川を挟んだ茅場町《かやばちょう》と小網町《こあみちょう》を結ぶ渡し船だ。その茅場町の鎧之渡の近くに大番屋はあった。

大番屋は、〝調べ番屋〟とも称され、犯罪容疑者や拘《かか》わりのある者たちの取調べをする処であり、江戸に七ヶ所あったとされている。

大番屋の詮議場は薄暗く、冷ややかさの中に微かな血の臭いがした。

南町奉行所吟味方《ぎんみがた》与力秋山久蔵《きゅうぞう》は座敷に座り、土間に引き据えられている年老いた浪人を見つめていた。

高岡嘉門《たかおかかもん》と云う名の年老いた浪人は、背筋を伸ばして瞑目していた。

「高岡さん、町医者の武田順庵《たけだじゅんあん》をどうして斬ったのか、話しちゃあ貰えないかな」

定町廻《じょうまちまわ》り同心の神崎和馬《かんざきかずま》は、吐息混じりに高岡嘉門に尋ねた。

「私、高岡嘉門が武田順庵を斬り棄てた。それで良いではないか……」

高岡は、微かな笑みを過《よ》ぎらせた。

「だから何故、斬り棄てたのか教えて貰いたいのだ」

和馬は、苛立ちを滲ませた。

「何度も申したように、武田順庵が許せぬ無礼を働いたからだ」

「その無礼とは、どのような……」

「申せぬ……」

高岡は、和馬を遮って口を噤《つぐ》んだ。

詮議場に沈黙が訪れ、重苦しさが漂った。


久蔵は、小者の淹《い》れてくれた茶を飲んだ。

「やはり、武田順庵を斬った仔細、話しませんでしたか……」

岡っ引の柳橋の弥平次《やへいじ》は、眉をひそめた。

「うん。斬ったのは自分だ。それで良いじゃあないかと。相変わらずだ」

和馬は、苛立ちを過ぎらせた。

三日前、高岡嘉門は神田連雀町《れんじやくちょう》に住む町医者武田順庵を斬り殺した。そして、駆け付けた和馬や弥平次に抗《あらが》う事なく、武田順庵殺しを認めてお縄になった。

和馬は、高岡に武田順庵を斬り殺した理由を尋ねた。

高岡は沈黙し、武田順庵を斬り棄てた理由を語らなかった。

捕らえられてから三日間、高岡は武田順庵殺しを認めながらも、その理由を語ろうとはしなかった。

斬り殺した理由は何なのだ……。

久蔵は、和馬の報告を受けて高岡嘉門に興味を抱き、大番屋での取調べに立ち合った。

高岡嘉門は、中肉中背で穏やかな面持ちの五十歳過ぎの浪人だった。

「和馬、高岡嘉門の素性、どのようなものだ」

久蔵は、湯呑茶碗を置いた。

「はい。元は旗本四千石永井弾正《ながいだんじょう》さまの家臣でしたが、五年前に永井家を出て浪人になり、不忍池《しのばずのいけ》の畔《ほとり》にある勝福寺の家作で一人暮らしをしています」

和馬は告げた。

「女房子供などの家族は……」

「妻女は難産で赤子と一緒に……」

「亡くなったのか……」

久蔵は眉をひそめた。

「はい」

和馬は頷いた。

「で、斬り棄てた町医者の武田順庵とは、どのような拘わりなんだ」

「そいつなんですが。武田順庵は一ヶ月程前、連雀町に町医者の看板を掲げましてね。近所の人たちも詳しい素性、良く分からないそうでして……」

弥平次は眉をひそめた。

「良く分からねえか……」

久蔵は苦笑した。

「それで今、幸吉《こうきち》たちが手分けして武田順庵の素性を追って居ます」

弥平次は告げた。

「うむ。殺しは認めても理由は云わねえ浪人と、素性の良く分からねえ町医者の仏か……」

久蔵の眼は、面白い狂言でも観るかのように輝いた。

秋山久蔵は、和馬と弥平次に探索を任せて大番屋を出た。

外には涼しげな秋風が吹き抜けていた。

久蔵は、和馬や弥平次、役人たちに見送られて大番屋を後にした。

向かい側の家の軒下にいた若い男が、素早く路地に身を隠した。

大番屋の様子を窺っていた……。

久蔵は睨《にら》んだ。

何者だ……。

久蔵は、通りを進みながら背後を窺った。

若い男は、路地の入口に佇《たたず》んで大番屋を見つめていた。

久蔵は、素早く裏通りに入った。


若い男の後ろ姿が路地の入口に見えた。

久蔵は裏通りを迂回し、荒物屋で買った塗笠を目深《まぶか》に被り、路地の入口に潜む若い男を見張った。

二十歳前後の若い男は、下男風の身なりで不安げに大番屋を見つめている。

若い男は、捕らえられている高岡嘉門と拘わりがあるのかもしれない……。

久蔵の直感が囁《ささや》いた。

和馬と弥平次が大番屋から出て行き、四半刻が過ぎた。

若い男は、大番屋の前を離れて楓川《もみじがわ》に向かった。

久蔵は尾行を開始した。
若い男は、俯《うつむ》き加減で足早に進んだ。
久蔵は追った。

若い男は日本橋を渡り、日本橋の通りを北に向かった。
人混みを行く若い男は、機敏な身のこなしだった。
武芸の心得がある……。
久蔵は、若い男の動きをそう睨んだ。
若い男は日本橋の通りを進み、八《や》ッ小路《こうじ》の手前の神田須田町《すだちょう》の辻を左手に曲がった。
神田連雀町に行く……。
久蔵は、若い男の行き先を読んだ。
神田連雀町には、高岡嘉門に斬り殺された武田順庵の家がある。
やはり、高岡嘉門と何らかの拘わりがあるのだ……。
久蔵は、若い男が何者なのか見定める事にした。
若い男は、神田連雀町を進んだ。

久蔵は追った。

托鉢坊主《たくはつぼうず》が背後に現れた。

「秋山さま……」

托鉢坊主は、弥平次の手先を務めている雲海坊《うんかいぼう》だった。

「やあ……」

雲海坊は、殺された武田順庵についての聞き込みをしていた。

「あの若いのですか……」

雲海坊は、日焼けした饅頭笠《まんじゅうがさ》をあげて若い男の後ろ姿を見た。

「ああ。今度の一件に拘わりがあるようだ」

「分かりました」

雲海坊は、久蔵を追い抜いた。

「後から行く」

久蔵は囁いた。

「承知……」

久蔵と雲海坊は、阿吽《あうん》の呼吸で尾行を素早く交代した。

久蔵は塗笠をあげ、若い男の尾行を雲海坊に任せた。

丁度良い頃の交代だ……。

久蔵は、托鉢坊主の雲海坊を追った。


不忍池には、色とりどりの枯葉が舞い散っていた。

和馬は、不忍池の畔にある勝福寺の本堂の裏手に廻った。

裏庭の垣根の外には、雨戸の閉められた家作と井戸があった。

しゃぼん玉売りの由松《よしまつ》が、井戸端で土埃に汚れた手足や顔を洗っていた。

「御苦労さん……」

「こりゃあ、和馬の旦那……」

由松は、手拭で濡れた顔を拭った。

「何か分かったか……」

和馬は尋ねた。

由松は、高岡嘉門の身辺を調べていた。

「評判の良い人でしてね。今の処、これと云って妙な事は浮かびません」

「そうか……」

和馬は、家作の戸口に廻って中にあがった。

由松は続いた。

家作の中は薄暗く、雨戸の隙間から細い陽差しが差し込んでいた。

和馬は雨戸を開けた。

陽差しが溢れた。

家の中には、台所の土間、囲炉裏《いろり》のある板の間、八畳の座敷があった。

大した家具のない家の中は綺麗に掃除され、衣類や日用品なども片付けられていた。

高岡嘉門は、おそらく常日頃から己の身辺を綺麗に片付けているのだ。

いつ死んでも良い……。

和馬は、高岡嘉門の覚悟を感じた。

「看板書きに代筆、帳簿付けなんかで金を稼ぎ、暇な時には近所の子供に只で読み書き算盤《そろばん》を教えているそうです」

由松は告げた。

「評判、良いか……」

和馬は念を押した。

「ええ……」

由松は頷いた。
評判の良い高岡嘉門が、何故に町医者の武田順庵を斬り棄てたのか……。
斬り棄てた理由は、おそらく町医者の武田順庵にある……。
和馬は睨んだ。
それならば何故、高岡は口を噤むのか……。
武田に斬られるだけの理由があるなら、場合によってはお上にも情けはある。
和馬は吐息を洩らした。

神田連雀町の町医者武田順庵の家は、板塀に囲まれた仕舞屋《しもたや》だ。
武田順庵は、開業して一ヶ月程しか経っておらず、患者は少なかった。
幸吉は、少ない患者を捜して武田順庵の医者としての評判を聞き込み続けた。
武田順庵の医者としての評判は、余り芳《かんば》しいものではなかった。
診察も雑で病が何かも中々突き止められない、経験の浅い藪《やぶ》医者。
それが、武田順庵の評判だった。
「藪医者か……」
幸吉は苦笑した。

「ああ、俺が胃の腑に尋常じゃあねえ痛みを感じて行ったら、只の食い過ぎだと抜かしやがった」

大工の老棟梁は、白髪頭を振って吐き棄てた。

「食い過ぎじゃあないのかい……」

「ああ。白髪頭で食い過ぎなんて年甲斐のねえ真似、する筈ないだろうが」

老棟梁は息巻いた。

「そりゃあそうだ」

幸吉は頷いた。

「それなのにぐずぐず抜かしやがって、挙げ句の果てに俺の見立てが信用出来ぬかと怒鳴りやがった」

「怒鳴った……」

幸吉は呆れた。

「ああ。元は旗本か何かしらねえが、偉そうにしやがって……」

老棟梁は、腹立たしさを過ぎらせた。

「元は旗本……」

幸吉は眉をひそめた。

「ああ。元は旗本かもしらねえが、藪医者は藪医者だと言い返してやったぜ」

「武田順庵、どんな旗本だったんですかい」

「さあな。詳しくは知らねえが、どうせ貧乏旗本の部屋住みで、養子の口もなかったんだろうぜ」

老棟梁は嘲《あざけ》りを浮かべた。

武田順庵は旗本の部屋住み……。

小旗本の部屋住みは、養子の口がない時には医者や絵師になる者もいた。

幸吉は、町医者武田順庵に関しての聞き込みを続けた。


若い男は、板塀に囲まれた仕舞屋を見つめた。

板塀の木戸には、『本道医・武田順庵』と書かれた看板が掛けられていた。

若い男は、武田順庵の家を口惜しそうに睨み付けていた。

雲海坊は、物陰から見守った。

「誰の家だ」

久蔵が雲海坊に並んだ。

「武田順庵の家です……」

「やはり、拘わりがあったか……」

久蔵は眉をひそめた。

若い男は、高岡嘉門が武田順庵を斬り棄てた理由を知っているのかもしれない。

久蔵は睨んだ。

「どう云う野郎なんですか……」

雲海坊は眉をひそめた。

久蔵は、若い男が高岡嘉門と拘わりがあると睨んだ事を教えた。

「そして、野郎は武田順庵の家に来た。秋山さまの睨み通りって事ですか……」

雲海坊は読んだ。

「うむ。今度の一件と拘わりのある者と見て違いあるまい」

「はい……」

雲海坊は頷いた。

「で、武田順庵の評判、どうなんだ」

「偉そうな藪医者って処ですか……」

「藪医者……」

久蔵は苦笑した。

「ええ。看板を掲げて一ヶ月で藪医者ってのは、相当なもんですよ」

雲海坊は呆れた。

若い男は、吐息を洩らして武田順庵の家の前から離れた。

「よし。追うぜ……」

久蔵は、塗笠を被り直して若い男を追った。

雲海坊は続いた。


神田連雀町を出た若い男は、八ッ小路に出て神田川に架かる昌平橋《しょうへいばし》を渡った。

久蔵と雲海坊は尾行《つけ》た。

若い男は、昌平橋を渡って神田明神門前町《みょうじんもんぜんちょう》の裏通りに進み、開店前の小さな小料理屋の前で立ち止まった。そして、辺りを鋭く見廻し、素早く小料理屋に入った。

久蔵と雲海坊は見届けた。

「小料理、梅《うめ》の家《や》……」

久蔵は、小料理屋の軒行燈《のきあんどん》に書かれた屋号を読んだ。

「どんな店か聞き込んで来ます」

「うむ」

久蔵は頷いた。

「じゃあ、御免なすって……」

雲海坊は聞き込みに廻った。

久蔵は、小料理屋『梅の家』を見張った。

僅かな時が過ぎ、武家の娘が足早に来た。

武家の娘は、躊躇《ためら》いなく小料理屋『梅の家』に入った。

久蔵は眉をひそめた。

未《ひつじ》の刻八つ（午後二時）を告げる上野寛永寺《かんえいじ》の鐘が遠くに鳴り響いた。

小料理屋『梅の家』は、静けさに包まれていた。

下男風の若い男と武家の娘は、『梅の家』に入ったまま出て来なかった。

秋山久蔵は見張り続けた。

四半刻が過ぎた頃、『梅の家』の戸が開いた。

久蔵は、物陰に身を潜めた。

『梅の家』から亭主らしき初老の男が顔を出し、警戒するように辺りを見廻した。

門前町の裏通りは、様々な飲み屋が店を開ける仕度をしていた。

「佐吉《さきち》、千春《ちはる》さまを……」

初老の亭主が、『梅の家』の店内に声を掛けた。

若い男が、武家の娘を庇《かば》うように出て来た。

佐吉と千春……。

久蔵は、下男風の若い男と武家の娘の名を知った。

佐吉は、千春を伴って門前町の裏通りから明神下の通りに急いだ。

久蔵は追った。

二

浪人の高岡嘉門には、町医者の武田順庵を斬る程の深い拘わりがあった。

神崎和馬は、由松と一緒に高岡嘉門と武田順庵の拘わりを探した。しかし、高岡の身辺に武田順庵らしき男は容易に浮かばなかった。

ひょっとしたら、高岡嘉門が旗本永井弾正の家臣だった頃に拘わりがあったのかもしれない。

「浪人して勝福寺の家作に来てからの高岡の身辺に浮かばないとなると、それしか考えられないな」

和馬は読んだ。

「ええ。和馬の旦那、そっちを調べる必要がありますね」

由松は頷いた。

「よし……」

和馬と由松は、旗本四千石の永井弾正の屋敷に向かった。


「連雀町の武田順庵……」

町医者桂井弦石《かつらいげんせき》は、白髪眉をひそめた。

「はい。一ヶ月程前に開業したんですが、御存知ありませんか……」

幸吉は尋ねた。

桂井弦石は、蔵前《くらまえ》通りの御蔵前片町《かたまち》で長年に亘って町医者をしており、幸吉たち弥平次の配下はいろいろ世話になっていた。

「本道医だと云ったな」

「はい。それで、本人の話では、元は旗本だったとか……」

「元旗本で本道医の武田順庵か。儂《わし》も江戸の町医者は殆《ほとん》ど知っているが、聞いた事がないな」

弦石は首を捻った。

「弦石先生でも御存知ありませんか……」

幸吉は吐息を洩らした。

「うむ。町医者は御公儀の許しが必要な仕事でもないし、多少の修業をすれば誰でもなれるからな」

「それにしても、弦石先生が知らないとなると、真っ当な筋のお医者じゃあないかもしれませんね」

幸吉は読んだ。

「そうとも云い切れんが。ひょっとしたら長崎帰りかも知れぬな」

「長崎帰りですか……」

弦石は、武田順庵を長崎で修業した蘭方医だと睨んだ。

「うむ。もし、そうなら儂も皆目分からぬ」

「そうですか……」

幸吉は肩を落とした。

不忍池には落葉が舞い散っていた。

佐吉と千春は、落葉を踏みしめて畔を進んだ。

高岡嘉門の暮らしていた勝福寺に行く……。

久蔵は、佐吉と千春の行き先を読んだ。

佐吉と千春は、足早に畔を進んで勝福寺の山門を潜った。

読みの通りだ……。

久蔵は苦笑した。


勝福寺の家作の雨戸は、佐吉によって開けられた。

久蔵は、植込みの陰から見守った。

佐吉は、眩しげに陽差しを見上げて座敷を振り返った。

座敷では、千春が行李《こうり》から着物を取り出していた。取り出された着物や羽織袴は、綺麗に畳まれていた。

千春は、行李の底から三つの位牌を取り出した。その一つは白木の位牌だった。

千春は、三つの位牌に手を合わせた。

佐吉は、千春の背後に控えて手を合わせた。
久蔵は見守った。
千春は高岡嘉門の血縁者であり、佐吉は奉公人……。
久蔵は、二人と高岡嘉門との拘わりを読んだ。
手を合わせ終わった千春は、三つの位牌を風呂敷に包んで佐吉に頷いて見せた。
佐吉は返事をし、雨戸を閉め始めた。
千春は、佐吉の案内で高岡家の位牌を取りに来た。
久蔵は知った。

夕暮れ時が近付き、神田明神門前町の裏通りは賑わい始めた。
雲海坊は、小料理屋『梅の家』を見張った。
小料理屋『梅の家』から老亭主が現れ、戸口に暖簾《のれん》を掲げた。
老亭主の名は文造《ぶんぞう》、五年前に小料理屋『梅の家』を開いていた。
文造は板前でもあり、若い衆の佐吉を雇って店を営んでいた。
雲海坊は、佐吉が下男風の若い男だと気付いた。
小料理屋『梅の家』は、酒や料理も美味《うま》くて安いと評判の良い店だった。そして、文造や佐吉の人柄も好まれていた。

雲海坊は、神田明神門前町の木戸番に聞き込み、馴染客を捜した。そして、一通りの聞き込みをして小料理屋『梅の家』に戻った。

久蔵の姿はなかった。

佐吉が動き、秋山さまは追った……。

雲海坊は睨み、小料理屋『梅の家』の見張りに付いた。

裏通りの飲み屋は暖簾を掲げ、酒や煮物の匂いが漂い始めた。


牛込神楽坂《かぐらざか》は夕陽に照らされていた。

四千石の旗本永井弾正の屋敷は、神楽坂をあがった処にあった。

和馬と由松は、永井屋敷の様子を窺った。

永井屋敷は表門を閉め、静寂に包まれていた。

「永井弾正さまか……」

「どんな家風の屋敷なんですかね」

「うん……」

四千石の永井家は千五百坪程の敷地であり、御殿様御殿《おとのさまごてん》と奥様御殿からなる母屋を中心に侍長屋や中間《ちゅうげん》長屋、厩《うまや》、土蔵、作事小屋などがある。そして、四千石の旗本家には七十人程の家臣がいた。

高岡嘉門は、五年前迄は永井家の目付として屋敷の侍長屋で暮らしていた。

和馬と由松は、高岡嘉門を知っている者を捜した。


浜町堀《はまちょうぼり》の水面には、行き交う船の明かりが映えていた。

佐吉と千春は、夕闇の浜町河岸を進んだ。

久蔵は尾行た。

佐吉と千春は、浜町堀に架かる汐見橋《しおみばし》の袂《たもと》を元浜町《もとはまちょう》に曲がり、古い稲荷堂《いなりどう》裏の長屋の木戸を潜った。

おかみさんたちの夕食の仕度も既に終わり、長屋の井戸端に人影はなかった。

千春と佐吉は、奥の家に進んだ。

左右に並ぶ家々からは、小さな明かりと子供の笑い声が洩れていた。

千春は、暗い奥の家の腰高障子を開けた。

「千春さま、あっしはこれで……」

佐吉は立ち止まった。

「そうですか。今日は造作を掛けましたね」

千春は労《ねぎら》った。

「いいえ。じゃあ御免なすって……」

佐吉は、千春に頭を下げて足早に長屋の木戸を出て行った。

千春は、深々と頭を下げて佐吉を見送って家に入った。

久蔵は見届けた。

佐吉は、おそらく小料理屋『梅の家』に戻る筈《はず》だ。

久蔵は、千春の入った奥の家を見つめた。

奥の家に小さな明かりが灯された。

千春は一人暮らし……。

久蔵は、千春の素性を洗う事にした。


旗本永井家の主《あるじ》弾正の評判は悪く、家中の綱紀は乱れていた。

「高岡嘉門、そいつに嫌気がさして浪人したのかな……」

和馬は眉をひそめた。

「かもしれませんね……」

由松は頷き、永井屋敷を見つめた。

永井屋敷の潜り戸が開き、中年の家来が出て来た。

和馬と由松は、暗がりに潜んで見守った。

中年の家来は、門番の中間に何事かを厳しく言い付けて神楽坂に向かった。

「和馬の旦那……」

「うん。追ってみよう……」

和馬と由松は、中年の家来を追った。

中年の家来は、神楽坂から隣の軽子坂《かるこざか》に抜けて下った。その足取りは軽く、通い慣れた夜道のようだった。

和馬と由松は追った。


牛込揚場町《あげばちょう》は神田川に面しており、荷揚げ荷下ろしの河岸があった。

揚場町は昼間の賑わいが消え、船着場を打つ流れの音が響いていた。

中年の家来は揚場町の裏通りに進み、軽い足取りで居酒屋の暖簾を潜った。

「いらっしゃい」

若い衆の威勢の良い声が迎えた。

和馬と由松は、暗がりから見送った。

「馴染のようですね」

由松は睨んだ。

「うん……」

「どうします」

由松は笑みを浮かべた。

「腹も減ったし、一杯やるには丁度良い頃だ」

和馬は、黒紋付羽織を脱いだ。


居酒屋は人足や職人で賑わっていた。

和馬と由松は暖簾を潜った。

「いらっしゃい」

若い衆が威勢良く迎えた。

「旦那、あそこにしましょう」

由松は、入れ込みの隅で酒を飲んでいる中年の家来を見つけ、隣の座を示した。

「おう……」

和馬は頷き、中年の家来の隣に向かった。

「酒と肴《さかな》を見繕《みつくろ》ってな」

由松は注文した。

「へい。只今……」

若い衆は板場に注文を通した。

「お邪魔しますぞ」

和馬と由松は、中年の家来に挨拶をして隣に座った。

中年の家来は、和馬と由松を一瞥《いちべつ》して頷いた。

「お待たせ致しやした」

若い衆が酒を持って来た。

「さあ、旦那……」

由松は、和馬に徳利を差し出した。

「うん……」

和馬は、由松の酌を受けた。そして、由松は自分の猪口《ちょこ》を手酌で満たした。

「じゃあな……」

和馬は、猪口を翳《かざ》して酒を飲んだ。

由松は続いた。

「ああ、美味《うめ》え……」

由松は嬉しげに笑った。

「うむ。ま、やってくれ」

和馬は、由松の猪口に酒を満たした。

「畏《おそ》れいります」

和馬と由松は酒を飲み、里芋の煮物や鯵《あじ》の塩焼きなどを食べた。

中年の家来は、手酌で酒を飲み続けていた。

既に数本の徳利を空にしていた。

「酒をくれ」

中年の家来は、若い衆に酒を注文した。

「どうです。一献……」

和馬は、中年の家来に徳利を差し出した。

「これはこれは……」

中年の家来は、嬉しげに猪口を差し出した。

和馬は、中年の家来の猪口に酒を満たした。

「戴く……」

中年の家来は、和馬と由松に笑い掛けて嬉しげに酒を飲み干した。

若い衆が新しい酒を持って来た。

和馬と由松は、中年の家来と酒を酌み交わした。

時が過ぎた。

和馬と由松は、中年の家来と打ち解けた。

「私は御家人の神崎和馬、こっちは由松。おぬしは……」

和馬は、中年の家来に酒を酌しながら何気なく尋ねた。

「私は旗本永井弾正さま家中の田中平蔵《たなかへいぞう》と申す」

「おお、永井さまの御家中の方でしたか……」

和馬は声を弾ませた。

「御存知ですか……」

「ええ。その昔、御家中の高岡嘉門さんとちょいと知り合いになりましてね」

「高岡さま……」

田中は戸惑った。

「ええ。高岡さんお変わりありませんか……」

「それが、高岡さまは既に永井家を出られましてな」

「えっ……」

和馬は激しく驚いた。

由松は酒をすすり、和馬の下手な芝居に込み上げる笑いを隠した。

「もう、五年ぐらい前になりますか……」

田中は、淋しさを過ぎらせた。

「して又、何故……」

「まあ。殿さまといろいろありましてね……」

田中は、吐息混じりに酒をすすった。

「殿さまとねえ……」

「ええ。ま、ここだけの話だが、悪いのはお調子者の幇間《ほうかん》を気に入られた我が殿でしてな。高岡さまは、殿さまに厳しく諫言《かんげん》をして幇間を屋敷から叩き出したのです」

「それで……」

「殿の怒りを買い、永井家を出たのです」

田中は、口惜しげに猪口の酒を飲み干した。

由松が、間を置かずに田中の猪口に酒を満たした。

「そうでしたか……」

高岡嘉門は、主の永井弾正に諫言し、気に入りの幇間を叩き出した。そして、永井家を出て浪人になった。

「ま、永井家の先は暗いよ」

田中は、憮然たる面持ちで酒を飲んだ。

永井家家中の綱紀は、主弾正の愚かさから緩んでいる。それは、屋敷を抜け出して酒を飲む田中平蔵を見ても分かる。

「そいつは大変ですねえ……」

和馬は、尤《もっと》もらしい顔で同情した。

「それで田中さま、高岡さまが家中から叩き出した幇間ってのは、どうなったんですか」

由松は、田中の猪口に酒を満たした。

「うん。お調子者の幇間と云っても貧乏旗本の部屋住みでしてな。武芸学問より遊芸一筋の遊び人。高岡さまに脅され、殿に泣きついたのだが、結局は高岡さまに叩き出されてしまったのだ」

「それはそれは……」

和馬は、高岡の覚悟に感心した。

「奴は遊芸一筋、私は妻に愛想尽かしをされた酒一筋。ま、どっちもどっちですか……」

田中は、己を嘲り笑った。

「で、田中さま、その旗本の部屋住みの冑間。何て野郎ですかい……」

「そいつが、殿は夢楽《むらく》、夢楽と呼んでいてな。本名は良く分らないのだ」

田中は、苦々しい面持ちで酒を呷《あお》った。

「本名は分からない……」

由松は戸惑った。

「ああ。奴は安楽亭《あんらくてい》夢楽と名乗っていた」

田中は、手酌で酒を飲んだ。

「安楽亭夢楽……」

和馬は眉をひそめた。

「旦那……」

由松は、和馬を窺った。

「うん……」

安楽亭夢楽は、町医者の武田順庵なのかもしれない。

和馬と由松は思いを巡らせた。

居酒屋は夜更けと共に賑わい、酔客の楽しげな笑い声が満ち溢れた。


神田明神門前町の小料理屋『梅の家』は、馴染客で静かに賑わっていた。

雲海坊は、隅で酒を飲みながら店の様子を窺っていた。

小料理屋『梅の家』の馴染客は、大店《おおだな》の番頭や職人の親方などだった。

主の文造と若い衆の佐吉は、妙な馴れ馴れしさもなく節度をもって馴染客に応対していた。そこには、己の立場を弁《わきま》えた爽やかさがあった。

良い店だ……。

雲海坊は酒をすすった。

「邪魔をする」

久蔵が、暖簾を潜って入って来た。

文造と佐吉、そして馴染客たちが場違いな客に微かな緊張を浮かべた。

「おいでなさいませ」

文造は、緊張を隠して久蔵を迎えた。

「うむ。酒を頼む。おう、やっぱり此処《ここ》だったか……」

久蔵は、雲海坊に笑顔で声を掛けて傍に座った。

雲海坊は、中腰になって久蔵を迎えた。

「どうぞ……」

佐吉は、久蔵に猪口を持って来た。

「おう。すまねえな」

久蔵は、気さくに笑い掛けた。

「いえ……」

佐吉は、久蔵に釣られたような笑みを浮かべ掛けた。だが、慌てて笑みを消して傍から離れた。

店に漂った緊張感は消え、和やかな雰囲気が蘇った。

「どちらに……」

雲海坊は、久蔵の猪口に酒を満たしながら囁いた。

「千春と申す娘が来てな、不忍池だ」

久蔵は、佐吉を一瞥して酒を飲んだ。

雲海坊は、久蔵が佐吉と千春を尾行して不忍池の畔の高岡嘉門の家に行ったのを知った。

「千春ですか……」

雲海坊は囁いた。

「武家の娘でな。元浜町の稲荷堂裏の長屋で一人暮らしだ」

「どのような……」

雲海坊は、久蔵の猪口に酒を注ぎ、手酌で飲んだ。

「仔細はまだだが、おそらく高岡嘉門の縁《えにし》の者だ」

久蔵は、千春と云う武家の娘の身辺を調べ、佐吉に遅れて小料理屋『梅の家』に来たのだ。

「それはそれは……」

雲海坊は眉をひそめた。

「おまちどおさまでした」

佐吉は、持って来た徳利を置いて板場に戻った。

雲海坊は、徳利を取って久蔵に酌をした。

「で、そっちは……」

久蔵は、酒を飲みながら尋ねた。

「その昔、武家に奉公していたそうです」

雲海坊は、文造と佐吉を一瞥した。

文造と佐吉は、自分たちが話題になっているとも知らず、忙しく働いていた。

「武家にな……」

久蔵は文造を見つめた。

文造は、久蔵の視線を感じたのか手許から眼をあげた。

「親方、何か美味い物はあるかな」

久蔵は笑った。

「旬の松茸がございますが……」

「そいつは良い。土瓶蒸しで二つ、頼むぜ」

「へい……」

文造は、小さな笑みを浮かべて頷いた。

「何て武家だい……」

久蔵は話を戻した。

「そいつが、何処の何て云う家かは分かりませんが、おそらく……」

雲海坊は、久蔵に〝永井家〟だと目顔で告げた。

「拘わりあるか……」

久蔵は、雲海坊の猪口に酒を満たした。

「畏れいります。きっと……」

小料理屋『梅の家』の文造と佐吉は、高岡嘉門と拘わりがある。

「うむ……」

久蔵は、雲海坊の睨みに頷いた。

文造は料理を作り、佐吉は燗番をしながら客の相手をしている。

文造と佐吉が奉公していた武家は、旗本永井家の屋敷なのかもしれない。そこで、文造と佐吉は、高岡嘉門と知り合いになった。

「その辺り、明日にでも調べてみますか……」

「いや。そいつは俺がやる。雲海坊は元浜町を頼む」

永井屋敷に文造と佐吉という奉公人がいたかどうかは、すぐに分かる。難しいのは、千春の素性と事件への拘わりだ。

久蔵は、雲海坊の探索の腕を信用していた。

「承知しました」

雲海坊は頷き、久蔵に酌をした。

久蔵は酒を飲んだ。

馴染客が楽しげに笑った。

小料理屋『梅の家』の夜は和やかに更けていく。

三

小石川養生所は、気の早い風邪引き患者が訪れていた。

「武田順庵ねえ……」

養生所肝煎《きもいり》で本道医の小川良哲《おがわりようてつ》は、眉をひそめた。

「はい。長崎帰りのお医者におりませんか」

幸吉は、武田順庵の素性を突き止めようと、長崎で蘭方を学んだ小川良哲を訪ねた。

「長崎で蘭方を学んだ医者は殆ど知っているが、武田順庵ってのはな……」

良哲は首を捻った。

「御存知ありませんか……」

幸吉は眉をひそめた。

武田順庵は、蘭方医でもなかった。

「うん……」

老町医者の桂井弦石と養生所の小川良哲は、高岡嘉門に斬り棄てられた町医者の武田順庵を知らなかった。

武田順庵は、筋目のはっきりした町医者ではなく、長崎で修業した蘭方医でもなかった。

潜りの藪医者……。

幸吉は、武田順庵が満足な修業もしていない町医者だと見定めた。


幇間の安楽亭夢楽……。

神崎和馬と由松は、高岡嘉門が永井家を去る切っ掛けになった安楽亭夢楽を追った。

安楽亭夢楽は、小旗本の部屋住みだ。

和馬は、由松と一緒に知り合いの旗本や御家人の部屋住みを尋ね歩いた。しかし、安楽亭夢楽と名乗る小旗本の部屋住みは、中々浮かばなかった。

浜町堀には紅葉が流れ、赤蜻蛉《とんぼ》が飛び交っていた。
元浜町の稲荷堂裏の長屋は、おかみさんたちの洗濯も終わって漸《ようや》く静かな時を迎えた。
雲海坊は、木戸の陰に潜んで長屋の奥の家を見守った。
奥の家の腰高障子が開き、質素な身なりの娘が出て来た。
千春……。
雲海坊は、出掛けて行く千春を追った。
千春は、日本橋の通りに向かった。
雲海坊は、千春を見張る前に元浜町の自身番に立ち寄った。
坂本《さかもと》千春……。
千春は、五年前に母親を病で亡くし、以来一人で暮らしていた。
「仕事、何をしているのか分かりますか……」
雲海坊は、元浜町の自身番の店番《たなばん》に尋ねた。
「確か、大店の子供たちに読み書き算盤を教えていると聞いているよ」

「大店の子供に読み書き算盤……」

雲海坊は眉をひそめた。

「ああ。一軒だけじゃあ大変だが、二、三軒も抱えていれば、女一人どうにか食べていける稼ぎになるんじゃあないのかな」

店番は告げた。

「うん。で、千春さん、どう云う御武家の娘さんなのですか……」

「私が聞いた話じゃあ、御父上さまは大身旗本の御家中だったそうだよ」

「大身旗本の御家中……」

大身旗本家が永井家ならば、千春の父親は高岡嘉門の同僚だった事になる。

「うん。何て大身旗本かは知らないが、私はそう聞いたよ」

「で、その御父上さまはどうしたのかな……」

「御父上か……」

店番は、町内名簿を捲《めく》った。

「母親と二人で引っ越して来ているね」

「じゃあ、引っ越して来た時に、御父上はいなかった……」

「そうなるね」

店番は頷いた。

「越して来たのは、いつ頃ですか」

「ええと、六年前の九月ですか……」

店番は、町内名簿を見ながら答えた。

千春は、六年前に母親と二人で引っ越して来た。そして、五年前に母親を亡くし、以来一人で暮らしている。

雲海坊は、自身番での聞き込みを終えて稲荷堂裏の長屋を訪れた。

稲荷堂裏の長屋は、井戸端で洗濯をするおかみさんたちで賑わっていた。

雲海坊は木戸口に潜み、見張りを始めた。

時が過ぎ、おかみさんたちは洗濯を終えて家に引き取り、千春が出て来た。


日本橋の通りは賑わっていた。

千春は、日本橋を渡って通《とおり》二丁目に店を構えている呉服屋に向かった。

「お早うございます」

千春は、居合わせた手代たちに挨拶をしながら呉服屋の暖簾を潜った。

雲海坊は見届けた。

千春は、呉服屋の子供に読み書き算盤を教えに来た。

雲海坊は睨んだ。


上野元黒門町《もとくろもんちょう》の裏通りには、枯葉が秋風に吹かれていた。

和馬と由松は、安楽亭夢楽と名乗る旗本の部屋住みを捜し歩いた。

裏通りの外れに古い飲み屋があった。

和馬は、由松と一緒に飲み屋に入った。

狭く薄暗い店内に客はいなかった。

「邪魔するぜ」

由松は、店の奥に声を掛けた。

「店は未《ま》だだよ」

大年増の女将が、嗄《しゃが》れた声と共に店の奥から顔を出した。

「女将、お上の御用だ……」

由松は、黒紋付巻き羽織の和馬を示した。

「こりゃあ旦那。御無礼しました」

大年増の女将は、僅かに戸惑いを滲ませた。

「女将、此処には練塀《ねりべい》小路の部屋住みたちが良く来るそうだな」

和馬は尋ねた。

下谷《したや》練塀小路は、小旗本や御家人の組屋敷が連なっており、部屋住みたちが安い酒を求めて飲み屋に屯《たむろ》していた。

和馬と由松は、そうした噂を聞いて飲み屋を訪れた。

「ええ。来ていますが……」

大年増の女将は、迷惑そうに眉をひそめた。

「その中に安楽亭夢楽と名乗るお調子者はいないかな」

和馬は尋ねた。

「安楽亭夢楽……」

「うん。幇間紛《まが》いの野郎だそうだが、知らないかな」

「知っていますよ。夢楽……」

大年増の女将は、その眼に蔑《さげす》みを過ぎらせた。

「知っているか……」

和馬は、思わず身を乗り出した。

「ええ。随分、昔の話ですがね……」

安楽亭夢楽を知る者と漸く出逢った。

「旦那……」

由松は、小さな吐息を洩らした。

「うん。で、女将、安楽亭夢楽、此処の馴染だったのか……」

「まあ、馴染と云えば馴染かもしれませんが、調子よく立ち廻って、只酒を集《たか》るような惨めな奴ですよ」

大年増の女将は、嫌悪感を露わにした。

「本名、何て云うのかな」

「知りませんよ。本名なんて……」

大年増の女将は吐き棄てた。

「知らねえか……」

由松は眉をひそめた。

「ええ……」

「女将、本当に知らねえんだな」

和馬は、女将を見据えて念を押した。

「本当ですよ。旦那……」

「じゃあ女将、その夢楽、どんな奴らと連《つる》んでいたんだい」

由松は、厳しい面持ちで尋ねた。

「どんな奴らって、もう五年以上も昔の事だし、今来ている部屋住みの人たちも、代替わりをしていましてねえ……」

大年増の女将は困惑した。

「夢楽と連んでいた連中、もう来ちゃあいないのか……」

「ええ。旗本の部屋住みじゃあなく、遊び人ならいますけどね」

大年増の女将は告げた。

「その遊び人、何処の誰だ」

和馬と由松は、声を揃えて身を乗り出した。

大年増の女将は、思わず仰《の》け反《ぞ》った。


永井屋敷の庭には枯葉が舞っていた。

秋山久蔵は、茶をすすりながら永井家の用人の来るのを待った。

永井屋敷は何処と無く冷え冷えとし、微かな怯えが感じられた。

主・永井弾正の愚かで狷介《けんかい》な人柄は、家来や奉公人たちを萎縮させている。

久蔵は、永井家の家風をそう読んだ。

「お待たせ致した」

中年の小柄な武士が、久蔵の待つ書院にやって来た。

「拙者《せっしゃ》永井家用人の西尾《にしお》泰之進《やすのしん》にござる」

「私は南町奉行所吟味方与力秋山久蔵です」

「して秋山どの、町奉行所が何か……」

西尾は不安を過ぎらせた。

「その昔、永井家に文造、佐吉と申す奉公人がいたかどうか、お調べ願いたい」

「奉公人の文造と佐吉……」

西尾は戸惑った。

「左様。もし、奉公人としていたのなら、どのような者たちかも……」

「秋山どの、奉公人などの事でわざわざ……」

西尾は、露骨に嫌な顔をした。

「西尾さん、元永井家家中の者が人を斬り殺しましてな。ひょっとしたら永井家に拘わりがあるのかもしれない」

久蔵は、西尾を見据えて微かに笑った。

「人殺しが永井家に拘わりあると……」

西尾は、怯えを滲ませた。

「かもしれぬ……」

久蔵は頷いた。

「誰です。元永井家家中の者とは誰ですか」

西尾は、喉を引き攣《つ》らせた。

人殺しが永井家に拘わりがあったら、如何に大身旗本でも只では済まない。

西尾は恐怖を覚えた。

「文造と佐吉の事を……」

久蔵は、西尾の言葉を無視した。

面倒でも素直に応じた方がいい……。

西尾は頷くしかなかった。

「分かり申した。今、奉公人たちの事を良く知る者を呼びます」

「それには及ばぬ。私が参ろう」

久蔵は、刀を手にして立ち上がった。

小料理屋『梅の家』の亭主の文造は、六年前迄永井屋敷に奉公していた。そして、若い衆の佐吉は、永井家家中の高岡家の奉公人だった。

佐吉は、主の高岡嘉門と一緒に永井家を出ていた。

佐吉は高岡に可愛がられ、読み書き算盤と関口流の柔術などを手解《てほど》きされていた。

知っている……。

久蔵の勘が囁いた。

何故、高岡嘉門が町医者の武田順庵を斬り棄てたのか、佐吉は知っているのだ。

久蔵は睨んだ。


下谷車坂町《くるまざかちょう》の浄久寺の境内は、舞い散った落葉に覆われていた。

浄久寺の住職は、酒と女で身を持ち崩して檀家《だんか》も去り、裏の家作を博奕打《ばくち》ちに貸していた。博奕打ちたちは、家作で賭場《とば》を開帳していた。

賭場を取り仕切っている博奕打ちが、かつての安楽亭夢楽と連んでいた遊び人の平六《へいろく》だった。

和馬と由松は、浄久寺の境内を横切って本堂の裏手に廻った。

裏手の庭木は手入れもされず、雑木林のようになっていた。その中に浄久寺の家作はあった。

和馬と由松は、家作の様子を窺った。

博奕打ちの三下が、井戸端で湯呑茶碗や煙草盆《たばこぼん》を洗っていた。

「旦那……」

「うん」

和馬と由松は、鼻歌混じりで洗い物を続ける三下に忍び寄った。そして、由松が背後から口を押さえた。

三下は、驚きに眼を瞠《みは》った。

和馬は、三下に十手を突き付けた。

「大人しくしな……」

三下は、恐怖に引き攣りながら頷いた。

由松は、三下の口を押さえていた手を離した。

「平六はいるか……」

和馬は厳しく尋ねた。

「へ、へい……」

三下は頷いた。

「何処だ」

「奥の部屋に……」

「誰かと一緒か……」

「いいえ。一人で酒を飲んでいます」

「よし。お前は不意に殴られて気を失い、何も覚えちゃあいない。分かったな」

和馬は笑った。

「へ、へい……」

三下は、喉を鳴らして頷いた。

刹那《せつな》、由松が三下の後頭部を棒切れで殴り付けた。

三下は激痛に呻き、頭を抱えて崩れ落ちた。

和馬と由松は、家作に忍び込んで奥の部屋に向かった。

奥の部屋では、平六が一人で酒を飲んでいた。

和馬と由松は、いきなり踏み込んだ。

平六は、咄嗟《とっさ》に逃げ出そうとした。

「静かにしろ」

和馬は、長い足を飛ばした。

平六は、足を引っ掛けられて顔から倒れ込んだ。

由松が飛び掛かり、押さえ付けた。

「離せ……」

平六は、逃れようと必死に抗った。

「落ち着け、平六……」

和馬は一喝した。

平六は、息を荒く鳴らして抗いを止めた。

由松は、平六を手荒く引き起こした。

「平六、お前、安楽亭夢楽を知っているな」

和馬は尋ねた。

「安楽亭夢楽……」

平六は眉をひそめた。

「ああ。昔、お前が連んでいたのは分かっているんだぜ」

由松は、嘲りを浮かべた。

「夢楽がどうかしたのかい……」

平六はふて腐れた。

「夢楽、本当の名は何て云うんだ」

「武田伝七郎《でんしちろう》だ」

平六は吐き棄てた。

「武田伝七郎……」

和馬は眉をひそめた。

高岡嘉門が斬り棄てた町医者の武田順庵と同じ苗字だ。

武田順庵は武田伝七郎なのか……。

「旦那……」

由松は、その眼を僅かに輝かせた。

「うん。平六、武田伝七郎の素性は……」

「下谷御徒町《おかちまち》の組屋敷にいる御家人の部屋住みだぜ」

「御徒町の御家人の部屋住みか……」

「ああ。だが、親父さんが病で死んで兄貴が家督を継いだ時、夢楽は家を出た筈だぜ」

「その兄貴の名は……」

「さあ。そこ迄は知りませんよ」

「組屋敷、御徒町の何処だ」

「忍川《しのぶがわ》の傍ですぜ……」

忍川は、不忍池から浅草三味線堀《しゃみせんぼり》に流れている掘割だ。

安楽亭夢楽は本名を武田伝七郎と云い、下谷御徒町に組屋敷のある武田家の部屋住みだった。

「処で平六、武田順庵って町医者、知っているかい」

和馬は、平六を見据えた。

「武田順庵って町医者……」

「ああ……」

「知らねえぜ。そんな野郎……」

平六は、湯呑茶碗の底に残っていた僅かな酒を飲み干した。

和馬と由松は、漸く安楽亭夢楽の素性を突き止めた。

「和馬の旦那。武田伝七郎、町医者の武田順庵と拘わりあるかもしれませんね」

由松は睨んだ。

「きっとな。とにかく御徒町だ」

和馬は、由松と共に下谷車坂町から御徒町に急いだ。

京橋具足町《ぐそくちょう》の酒問屋は、奉公人や人足たちが忙しく働いていた。

雲海坊は、京橋の袂から酒問屋を見張っていた。

千春が入って半刻が過ぎた。

酒問屋は、日本橋の呉服屋に続いて二軒目の店だった。

そろそろ出て来る……。

雲海坊は、千春が呉服屋にいた刻から見てそう読んだ。

千春は、番頭に見送られて酒問屋から出て来た。

読みの通りだ……。

千春は、酒問屋の子供たちに読み書き算盤を教え終わった。

次ぎは何処に行く……。

雲海坊は、千春の後を追った。

千春は、日本橋の通りを日本橋に向かった。

雲海坊は尾行を続けた。

神田川には荷船が行き交っていた。

久蔵は、神田川沿いの道を神田明神門前町に向かっていた。

「秋山さま……」

久蔵は、背後からの声に振り返った。

幸吉が、本郷の通りから駆け寄って来た。

「おう……」

「どちらに……」

「神田明神門前町だ。お前は……」

「そいつが、武田順庵の素性を追っているのですが……」

幸吉は、微かな疲れを過ぎらせた。

成果のない聞き込みは、疲れを倍にする。

「分からねえか……」

「はい……」

幸吉は、老町医者の桂井弦石や養生所の小川良哲に聞いても、武田順庵の素性が割れないのを告げた。

「野郎、潜りの藪医者ですよ」

幸吉は、口惜しさと苛立ちを滲ませた。

「よし。一緒に来な」

「神田明神の門前町ですか……」

「ああ……」

久蔵は、小料理屋『梅の家』の亭主の文造と若い衆の佐吉の事を教えた。

「じゃあ、秋山さまはその佐吉が、高岡嘉門が武田順庵を斬った訳を知っていると……」

幸吉は眉をひそめた。

「ああ。おそらく武田順庵の素性もな……」

久蔵は、小さな笑みを浮かべた。

四

日本橋は賑わっていた。

千春は、日本橋を渡って通りを北に尚も進んだ。

元浜町の長屋に帰るには通りを東に曲がり、両国広小路の方に進まなければならない。だが、千春に曲がる気配はなかった。

北に進めば神田八ッ小路があり、神田川に架かる筋違御門《すじかいごもん》や昌平橋がある。

読み書き算盤を教える三軒目の大店に行くのか……。

雲海坊は千春を追った。

千春は、不意に本銀町《ほんしろがねちょう》の辻を西に曲がった。

何処に行く……。

雲海坊は焦った。


千春は、本銀町一丁目を進んで米問屋『大黒屋』に入った。

米問屋の子供に読み書き算盤を教えに来たのか……。

雲海坊は自身番に走り、米問屋『大黒屋』に読み書きを学ぶ歳の子供がいるかどうか尋ねた。

「いいえ。大黒屋さんには十七歳になるおくみってお嬢さんがいるだけですよ」

自身番の店番は、町内に住む者の名簿を見ながら答えた。

「十七歳のおくみさんだけですかい……」

「ええ……」

米問屋『大黒屋』には、千春が読み書き算盤を教える子供はいなかった。
「尤も最近、病を患って寝込んでいるそうでしてね。若いのに気の毒に……」
店番は、十七歳のおくみに同情した。
雲海坊は、自身番の店番に礼を云い、米問屋『大黒屋』に駆け戻った。
僅かな時が過ぎ、米問屋『大黒屋』から千春が出て来た。
見送りに出て来た『大黒屋』の主人は、千春に深々と頭を下げて礼を云った。
「いいえ。じゃあお大事に……」
千春の声が微かに聞こえた。
雲海坊は、千春が病で寝込んだ十七歳になる娘のおくみを見舞いに来たと知った。
千春は、日本橋の通りに戻って八ッ小路に向かった。
雲海坊は尾行た。
八ッ小路に出た千春は、神田川に架かっている昌平橋を渡った。
千春は、神田明神門前町に入り、開店前の小料理屋『梅の家』に入った。
雲海坊は見届けた。

「雲海坊……」

久蔵が、幸吉と共にやって来た。

「これは秋山さま……」

「千春、来ているのか……」

久蔵は、小料理屋『梅の家』を一瞥した。

「はい。今し方……」

雲海坊は頷いた。

「よし……」

久蔵は、辺りを見廻して『梅の家』の斜向《はすむ》かいにある一膳飯屋に向かった。

幸吉と雲海坊が続いた。


久蔵は、一膳飯屋の窓辺に座った。

幸吉は、窓の障子を開けて斜向かいの『梅の家』を見張った。

久蔵は、一膳飯屋の亭主に酒を頼み、雲海坊に『梅の家』の亭主の文造と若い衆の佐吉の素性を話した。そして、雲海坊は千春の行動を告げた。

「ほう。十七歳になる娘の見舞いか……」

「はい」

「どんな病だ」

「そこ迄は……」

雲海坊は、首を横に振った。

「そうか……」

久蔵は、眉をひそめて猪口の酒を飲み干した。


下谷御徒町には、物売りの声が長閑に響いていた。

和馬と由松は、御徒町を流れる忍川の周囲に御家人の武田家の組屋敷を探した。

武田家の組屋敷は忍川の近くにあった。

和馬と由松は、一帯の組屋敷の奉公人や出入りしている行商人に武田家の評判を聞き込んだ。

吝嗇《けち》で人付き合いが悪い……。

武田家の評判は良くなかった。そして、部屋住みの伝七郎は既に武田家を出ていた。

和馬は、武田家を訪れた。

武田家の当主である伝七郎の兄の敬一郎《けいいちろう》は、落ち着きのない眼をした小男だった。

「我らは微禄とは云え直参《じきさん》。町奉行所の詮議を受ける謂《い》われはない」

敬一郎は、怯えを滲ませて甲高い声を震わせた。

「詮議だなどとんでもない。私は御舎弟の伝七郎どのにお逢いしたいだけですよ」

和馬は苦笑した。

「伝七郎はとっくに武田家を勘当した。最早、何処で何をしようが、武田家とは拘わりのない男だ」

敬一郎は、小心さを露わにして声を引き攣らせた。

「では、伝七郎どのは、今何処で何をしているのか一切知らないと申されますか……」

「左様……」

「ならば、伝七郎どのが安楽亭夢楽などと名乗り、大身旗本に幇間紛いに取り入っていた事もですか……」

敬一郎は、微かに顔色を変えた。

知っている……。

敬一郎は、伝七郎のしていた事を知っている。そして、伝七郎のしている事が公儀や世間に知れるのを恐れているのだ。

和馬は鎌を掛けた。

「そして今、武田順庵と名乗り、神田連雀町で町医者をしているのも御存知ないのか」

「そ、それは……」

敬一郎は狼狽《うろた》えた。

鎌に引っ掛かった……。

和馬は北叟笑《ほくそえ》んだ。

町医者の武田順庵は、御家人の部屋住み武田伝七郎なのだ。

和馬は、町医者・武田順庵の素性を漸く突き止めた。

「どうやら御存知のようですな……」

和馬は苦笑した。

「いや。知らぬ。私は何も知らぬ……」

敬一郎は必死に否定した。

「そうですか。いや、お邪魔致した」

和馬は、礼を云って立ち上がった。

「神崎どの……」

敬一郎は、怯えた眼を和馬に向けた。

「何か……」

「伝七郎、何をしたのですか……」

「斬り殺されましたよ」

和馬は、敬一郎を見据えた。

「殺された……」

敬一郎は戸惑った。

「ええ……」

和馬は頷いた。

「誰かを殺したのではなく、殺されたのですね」

敬一郎は念を押した。

「間違いありませんよ」

「殺された……」

敬一郎は呆然と呟いた。呟きには、微かな安堵が滲んでいた。

和馬はそう感じた。

敬一郎にとり、伝七郎の死は厄介払いなのかもしれない。

和馬は、敬一郎の気持ちを読み、微かな憐れみと腹立たしさを覚えた。


神田明神門前町の小料理屋や居酒屋は、店を開ける仕度に忙しかった。

久蔵は、幸吉や雲海坊と一膳飯屋に陣取って小料理屋『梅の家』を見張り続けた。

千春は、小料理屋『梅の家』に入ったままだった。そして、文造と佐吉も動く気配を見せなかった。

「店を開ける仕度もしないんですかね」

幸吉は首を捻った。

「うむ。何をしているのか……」

久蔵は眉をひそめた。

「秋山さま。ちょいと覗いてみますか……」

雲海坊は、久蔵に指図を仰いだ。

「よし。やってみてくれ……」

「じゃあ……」

雲海坊は、日焼けした饅頭笠を被り、錫杖《しゃくじょう》をついて一膳飯屋を出て行った。

僅かな時が過ぎ、雲海坊が経を読みながらやって来た。

久蔵と幸吉は見守った。

雲海坊は、小料理屋『梅の家』の前に佇んで大声で経を読み始めた。

小料理屋『梅の家』の戸が開き、佐吉がお布施を雲海坊の頭陀袋《ずだぶくろ》に入れた。

雲海坊は頭を下げ、佐吉越しに『梅の家』の店内を窺った。

佐吉は、手を合わせて戸を閉めた。

雲海坊は、声を励まして経を読み、『梅の家』の前から離れた。その時、雲海坊は一膳飯屋の窓を一瞥した。

「ちょいと御免なすって……」

幸吉は、久蔵に断わって一膳飯屋を出て行った。

何か動きがあるかもしれない……。

「亭主、勘定だ」

久蔵は、一膳飯屋の亭主に声を掛けた。

幸吉は雲海坊を追った。

「幸吉っつぁん……」

雲海坊は、辻を曲がった処で幸吉が来るのを待っていた。

「どうだった」

「店の中に文造と千春がいた」

「何をしていた」

「そいつが、手紙を書いていたよ」

雲海坊は、戸惑いを浮かべた。

「手紙……」

幸吉は眉をひそめた。

「ああ。幸吉っつぁん……」

雲海坊が、小料理屋『梅の家』を示した。

佐吉が出て来た。

胸元に手紙が見えた。

「手紙を届けに行くようだな」

「うん。俺が追う。秋山さまにな……」

「承知……」

幸吉は、雲海坊を残して佐吉を追った。

雲海坊は一膳飯屋に急いだ。

一膳飯屋から久蔵が出て来た。

「佐吉が手紙を何処かに届けます」

「分かった。千春を頼む」

「心得ました」

久蔵は、雲海坊を残して幸吉を追った。


佐吉は、昌平橋を渡って日本橋の通りを足早に進んだ。

幸吉は追った。

佐吉は、日本橋の通りを進んで日本橋と京橋を抜けた。そして、外濠に架かる数寄屋橋《すきやばし》御門前を潜った。

数寄屋橋御門を潜ると南町奉行所だ。

何処に行く気だ……。

幸吉は、微かな戸惑いを覚えた。

佐吉は、外濠の堀端に佇んで南町奉行所を不安げに見つめた。

幸吉は、数寄屋橋御門の陰から佐吉を見守った。

「どうやら、南町奉行所に手紙を届けに来たようだな」

久蔵が幸吉に並んだ。

「はい……」

幸吉は眉をひそめた。

「さあて、どうするか……」

久蔵は、小さな笑みを浮かべた。

佐吉は、迷い躊躇っていた。

「よし。押さえるぜ」

久蔵は決めた。


果たして手紙を届けていいのか……。

佐吉は迷っていた。

高岡嘉門は、何もかも一人で背負う覚悟でいる。

手紙を届けるのは、高岡嘉門の覚悟を無にする事になる。だが、千春と文造は、高岡嘉門がどうして町医者の武田順庵を斬り棄てたのか町奉行所に知って貰い、少しでも軽い裁きが下るようにすべきだと云い張った。そして、高岡嘉門が武田順庵を斬り棄てた理由を書き記した手紙を月番の南町奉行所に出す事に決めた。

一度は賛成した佐吉だが、南町奉行所に手紙を差し出す段になり、迷い躊躇わずにはいられなかった。

旦那さま……。

佐吉は、少年の頃から高岡嘉門に奉公して読み書き算盤や柔術を仕込まれた。そこには、主人と奉公人の下男と云うより、師匠と弟子のような拘わりがあった。

佐吉は、高岡嘉門の覚悟を全うさせたかった。

佐吉は、迷い躊躇った。

「何をしている」

佐吉は振り返った。

久蔵がいた。

佐吉は、思わず柔術の構えを取った。

出来る……。

久蔵は、佐吉の柔術の腕を見抜いた。

刹那、久蔵は峰を返した刀を佐吉の首の根本に打ち込んだ。

佐吉は、顔を歪《ゆが》めて沈むように膝を折った。

幸吉が背後から飛び掛かり、佐吉を押さえ込んだ。

用部屋は西陽に溢れていた。

久蔵は、佐吉を仮牢に入れて取り上げた手紙に眼を通した。

手紙は、達筆な女文字で書き綴《つづ》られていた。

千春の書いたものだ……。

久蔵は睨み、手紙を読み進めた。

手紙には、殺された町医者武田順庵は、ある大店のお嬢さまの秘密を握り、大金を強請《ゆす》り取っていた。それを知った高岡嘉門は、武田順庵に止めるように頼んだ。しかし、武田順庵は高岡嘉門の頼みを聞かなかった。

町奉行所に訴え出れば、大店のお嬢さまの秘密は世間に知れ渡る……。

武田順庵は狡猾《こうかつ》に笑った。

高岡嘉門は、止むを得ず武田順庵を斬り棄てた。

悪いのは町医者の武田順庵であり、高岡嘉門に情けあるお裁きを願うと書き記されていた。

高岡嘉門は大店の娘の秘密を守り、強請を止めさせる為、止むなく町医者の武田順庵を斬り棄てた。

久蔵は、小者に佐吉を詮議所に引き据えるように命じた。


詮議所には高窓からの陽が差し込んでいた。

久蔵は詮議所に入り、板の間に引き据えられている佐吉を見下ろした。

佐吉は、差し込む陽差しの中に不安げに座っていた。

「小料理屋梅の家の奉公人佐吉だな」

久蔵は、佐吉を見据えた。

「はい……」

佐吉は、久蔵を見上げて頷いた。

「俺は吟味方与力の秋山久蔵だ。手紙は読ませて貰ったぜ」

久蔵は小さく笑った。

佐吉は、微かな怯えを過ぎらせた。

「武田順庵に秘密を握られた大店の娘ってのは、本銀町の米問屋大黒屋のおくみだな」

久蔵は告げた。

手紙に書いていない事を知っている……。

佐吉は、思わず久蔵に畏怖の眼差しを向けた。

「佐吉、高岡嘉門は米問屋の大黒屋とどんな拘わりなんだい」

「そ、それは……」

佐吉は躊躇った。

「その辺が分からねえ事には、お上も情けの掛けようがねえ」

「秋山さま……」

佐吉は喉を鳴らした。

「高岡嘉門は、どうして町医者の武田順庵を斬ったのか口を噤んでいる。理由を云わねえのは、大黒屋の娘のおくみの秘密が世間に知れるのを恐れての事だと良く分った。しかし、拘わりが分からねえ限り、情けはな……」

久蔵は、困惑して見せた。

「だ、大黒屋のお嬢さんは、高岡嘉門さまの姪御さまに、子供の頃、読み書き算盤を教わっていまして……」

「姪ってのは、坂本千春だな」

「は、はい……」

佐吉は、驚きながら頷いた。

「そうか。高岡嘉門と坂本千春は、叔父と姪だったのか……」

「はい。奥さまと赤子を亡くされた高岡さまは、姉上さまの娘の千春さまを我が子のように可愛がっておいででして。それで、千春さまが武田順庵の大黒屋への強請を知り、高岡さまに何とかならないかと相談されたのです。そうしたら高岡さまは……」

「町医者の武田順庵が、幇間の安楽亭夢楽こと武田伝七郎と気付いたか……」

久蔵は睨んだ。

何もかも知っている……。

佐吉は、全身の力が脱け落ちるのを知った。

そこには、秋山久蔵に対する恐れは云うに及ばず、奇妙な安堵感があった。

「仰《おっしゃ》る通りにございます。それで高岡さまは夢楽の時に始末しなかったのを悔やみ……」

「武田順庵を斬り棄てたか……」

「左様にございます」

佐吉は、口惜しげに頷いた。

高岡嘉門は、米問屋『大黒屋』の娘おくみの秘密を抱えたまま仕置されようとしている。

旗本永井家で安楽亭夢楽を斬らなかった己の甘さが、おくみと『大黒屋』に災いをもたらした。

高岡嘉門は悔やみ、己の甘さを恥じた。そして、せめて米問屋『大黒屋』おくみだけは、命を棄ててでも護ろうとしているのだ。

久蔵は、高岡嘉門の覚悟を知った。

「高岡嘉門の覚悟は良く分った。それで佐吉、大黒屋のおくみの秘密ってのは、一体何だ」

「それが……」

佐吉は、眉間に怒りを滲ませた。

「湯島天神裏の居酒屋に屯してる浪人どもに無理矢理に連れ込まれて……」

佐吉は、云い難《にく》そうに顔を歪めた。

「浪人どもの玩具《おもちゃ》にされたか……」

久蔵は、厳しい面持ちで尋ねた。

「はい。そして、おくみさまは寝込み、何処で嗅ぎ付けたのか武田順庵が強請を掛けて来たそうです」

「で、大黒屋はどうしたのだ」

「武田順庵の言いなりに……」

「金を渡したのか……」

「はい。ですが、二度三度と続いて……」

「坂本千春の知る処となり、高岡嘉門に相談したのか……」

久蔵は読んだ。

「はい。それで高岡さまは私を呼び、武田順庵を調べ始めたのです。そうしたら武田順庵が、幇間の安楽亭夢楽こと武田伝七郎だと分かったのです」

「成る程……」

久蔵は、高岡嘉門が町医者武田順庵を斬り棄てた理由を云わなかった訳を知った。

佐吉は、高岡嘉門を裏切って仕舞ったと悔やんだのか、苦しげに顔を歪めた。

「良く話してくれたな佐吉。高岡嘉門さんを思うお前の気持ちは間違っちゃあいねえぜ」

久蔵は、安心させるように労った。

「秋山さま……」

佐吉は、項垂《うなだ》れて身を小刻みに震わせた。

高窓からの陽差しは背後に動き、項垂れて身を震わす佐吉を黒い影にした。


掛行燈の明かりは、大番屋の詮議場を淡く照らしていた。

高岡嘉門は、和馬によって筵《むしろ》の上に引き据えられていた。

幸吉は、高岡嘉門の傍に燭台を置いた。

久蔵は座敷に入り、高岡嘉門の様子を見守った。

高岡嘉門は、燭台の明かりに照らされて瞑目していた。

「秋山さま……」

和馬は久蔵を窺った。

「ああ。高岡嘉門……」

久蔵は呼び掛けた。

高岡嘉門は眼を瞑《つぶ》り続けた。

「町医者武田順庵こと武田伝七郎、幇間の安楽亭夢楽の時に斬っておくべきだったな」

久蔵は苦笑した。

高岡嘉門は、眼を見開いて久蔵を見つめた。

「それにしても武田順庵、大黒屋の娘の秘密をどうして知ったのか分かるかな」

久蔵は、厳しさを浮かべた。

高岡嘉門は、久蔵が事件の核心を摑んだのに少なからず驚いた。

秋山久蔵は、大黒屋強請に潜むものを勘付いている……。

高岡嘉門は知った。

「それは武田順庵が企み、湯島天神裏の居酒屋に屯している無頼の浪人どもにやらせたからです」

高岡嘉門は怒りを過ぎらせた。

「成る程、何もかも武田順庵の仕組んだ事か」

「それ故、武田順庵を斬り棄てた」

高岡嘉門は久蔵を見据えた。

「浪人どもより先にな……」

「左様……」

「浪人どもが、おくみが米問屋大黒屋の娘だと知っていたらどうする」

「秋山どの……」

高岡嘉門は眉をひそめた。

「浪人どもが大黒屋を強請ったらどうする」

久蔵は、厳しさを過ぎらせた。

「武田伝七郎は狡猾な男。浪人どもに知られる程の間抜けではない」

高岡嘉門は苦笑した。

「果たしてそうかな……」

「秋山どの……」

高岡嘉門は、微かな不安を滲ませた。

「後の始末は任せて貰おう」

久蔵は不敵に笑った。

燭台の明かりが小刻みに揺れた。

湯島天神門前の盛り場は、男の哄笑《こうしょう》と女の嬌声が混じり合って賑わっていた。

久蔵は着流し姿になり、盛り場を抜けて裏に廻った。

湯島天神の裏は薄暗く、数軒の飲み屋があった。

久蔵は、奥の小さな飲み屋の前に佇んだ。

和馬が現れた。

「どうだ……」

「浪人が四人、酒を飲んでいます」

「大黒屋のおくみを手込めにした野郎どもに違いないか」

「雲海坊と由松が客として潜り込み、いつも屯している無頼の浪人どもだと確かめました」

「よし。俺は表から行く。お前は雲海坊や由松と裏から来てくれ」

「はい。じゃあ……」

和馬は、裏手に廻ろうとした。

「和馬……」

久蔵は呼び止めた。

「はい……」

「刃向かう者に情け容赦は無用……」

久蔵は冷たく云い放った。

和馬は、久蔵の狙いを読んだ。

生かしておいては、米問屋『大黒屋』の娘おくみの為にならない者たちなのだ……。

「心得ました」

和馬は喉を鳴らして頷き、雲海坊と由松のいる小さな飲み屋の裏手に走った。

久蔵は、飲み屋を見据えた。

浪人たちの馬鹿笑いが、小さな飲み屋から溢れた。


狭く薄暗い店内には、安酒の臭いと浪人たちの険しい視線に満ちていた。

久蔵は、店内を見廻しながら後ろ手に腰高障子を閉めた。

浪人が四人と店の主の親父がいた。

「邪魔をするぜ」

久蔵は、店の親父に嘲笑を投げ掛けた。

「へ、へい。おいでなさいませ」

店の親父は、慌てて久蔵を迎えた。

「酒を貰おうか……」

「へ、へい。只今……」

久蔵は、戸口の傍に座った。

四人の浪人は酒をすすり、久蔵を窺いながら囁き合っていた。

「お待たせ致しました」

店の親父が、徳利と猪口を持って来た。

「うむ」

久蔵は、手酌で酒を飲んだ。

水で割り過ぎた安酒だった。

久蔵は、苦笑して猪口を置いた。

「お前たちの中に、神田連雀町の町医者武田順庵の知り合いはいるかな」

久蔵は、四人の浪人に尋ねた。

四人の浪人は、緊張を滲ませて顔を見合わせた。

「どうだ……」

久蔵は、重ねて尋ねた。

「武田順庵がどうかしたか……」

髭面の浪人が眉をひそめた。

「やはり、お前たちが藪医者の武田順庵に頼まれて悪事を働く食詰め浪人か……」

久蔵は嘲笑《あざわら》った。

「何だと……」

髭面の浪人は眉をひそめ、刀を手にして立ち上がった。残る三人の浪人も続いた。

「手前、何者だ……」

髭面の浪人は怒りを浮かべた。

「お前たちを片付けに来た始末屋だよ」

久蔵は侮《あなど》りを浮かべ、浪人たちを苛立たせた。

「おのれ……」

浪人の一人が、久蔵に猛然と斬り掛かった。

座っていた久蔵は、片膝立ちになって抜き打ちの一刀を放った。

抜き打ちの一刀は閃光《せんこう》となり、浪人の脚の脛に飛んだ。
肉を斬り骨を断つ音が鈍く鳴った。
浪人は脚の脛を斬り飛ばされ、悲鳴と血を振り撒《ま》いて激しい勢いで倒れた。
徳利と猪口が飛び、皿や小鉢が落ちて甲高い音をあげて砕けた。
脛を斬り飛ばされた浪人は、倒れたまま意識を失った。
髭面の浪人たちは怯んだ。
久蔵は、立ち上がって刀を一振りした。
刀の切っ先から血が飛んだ。
「斬れ。この野郎を叩き斬れ」
髭面の浪人は、薄汚い髭を震わせた。
二人の浪人が、久蔵に襲い掛かった。
久蔵は、斬り付けて来た刀を弾き、そのまま鋭い突きを放った。
狭い屋内で刀を振り廻すのは愚かな事だ。
久蔵の鋭い突きは、浪人の腹を貫いた。
浪人は、貫かれた腹を押さえて立ち竦《すく》んだ。
もう一人の浪人が、悲鳴のような叫びをあげて久蔵に斬り付けた。

久蔵は、腹を貫いた浪人を斬り付けた浪人に突き飛ばした。

斬り付けた浪人は怯んだ。

久蔵は、横薙《よこな》ぎの一刀を放った。

浪人は、脇腹を斬られて崩れ落ちた。

髭面の浪人は、裏口から逃げ出した。だが、裏口から和馬に押し込まれて戻って来た。雲海坊と由松が続いていた。

「手前ら町方か……」

髭面の浪人は怒号をあげた。

「神妙にしろ」

和馬は、髭面の浪人に猛然と十手で殴り掛かった。そして、雲海坊が錫杖で突き捲《まく》り、由松が拳大の石を包んだ手拭を振り廻した。

「おのれ……」

髭面の浪人は、必死に刀を振り廻しながら後退《あとずさ》りした。

「じたばたするんじゃあねえ」

久蔵は一喝した。

「ま、町奉行所は生かして捕らえるのが役目の筈だ……」

髭面の浪人は声を震わせた。

「煩《うる》せえ」

久蔵は遮った。

「手に余る外道は容赦なく叩き斬るのが、この秋山久蔵の定法《じょうほう》だ」

「か、剃刀《かみそり》久蔵……」

髭面の浪人は愕然とし、満面に恐怖を漲《みなぎ》らせた。

「武田順庵なんて外道と連んだのが命取りだったな……」

久蔵は、冷笑を浮かべた。

髭面の浪人は、絶望と諦めを滲ませて久蔵に斬り掛かった。

久蔵は、刀を鋭く閃《ひらめ》かせた。

刀は閃光となり、髭面の浪人の首筋に走った。

髭面の浪人は、刀を落として呆然と立ち尽くした。

久蔵は、刀に拭いを掛けて鞘《さや》に納めた。

次の瞬間、髭面の浪人は首の血脈から血を振り撒いて崩れ落ちた。

「和馬、店の親父を締め上げげ、武田順庵と浪人たちとの拘わりを調べろ」

「心得ました」

「雲海坊、由松、御苦労だったな」

久蔵は、雲海坊と由松を労った。

「いいえ。自身番と木戸番に報《しら》せて来ます」

由松は駆け出して行った。

「じゃあ、手遅れかもしれませんが、医者を呼んで来ます」

雲海坊は久蔵に告げた。

「うむ。頼む……」

雲海坊は、のんびりと医者を呼びに行った。

久蔵は、意識を失ったり、苦しく呻いている四人の無頼の浪人を冷たく見下ろした。

四人の浪人は、おそらく助からないだろう。

久蔵は、狡猾な武田順庵と連んだ浪人たちを憐れんだ。

浪人の高岡嘉門が、命を懸けて護ろうとした米問屋『大黒屋』の娘・おくみの秘密を知る者はいなくなった。

久蔵は、高岡嘉門の町医者・武田順庵こと武田伝七郎殺しを、浪人同士の果たし合いとして裁いた。
高岡嘉門は、お上を騒がした罪で江戸払いの仕置となり、大木戸外に追放された。
久蔵は、姪の坂本千春と四谷大木戸外の新宿に立ち退いて行く高岡嘉門を見送った。
高岡嘉門は、久蔵に深々と頭を下げて立ち去った。
神田連雀町の藪医者殺しは終わった。

第二話

木枯し

一

神無月《かんなづき》――十月。

一般の家庭では炬燵《こたつ》を用意し、客には火鉢を出す季節。商家の福の神の祭りである恵比須講が盛大に行われる。

神田川に色鮮やかな紅葉が流れていた。

柳橋の船宿『笹舟』の表では、船頭見習いの太市《たいち》が掃除に余念がなかった。

「太市、表の掃除が終わったら船着場に来な」

船頭の親方の伝八は、張り切って働く太市に眼を細めた。

「へい……」

太市は、嬉しげに返事をして掃除を急いだ。

「どうだい伝八。太市は……」

船宿『笹舟』の主の弥平次は、働く太市を示した。

「素直な働き者。物覚えも良くて教え甲斐がありますよ」

伝八は、太市に舟や櫓《ろ》の扱い方の手解きをしていた。

「そうか……」

弥平次は、己の睨みに間違いがなかったのに安心した。


十七歳の太市は、下総《しもうさ》松戸から江戸に板前修業に出て来た。そして、不忍池の畔の料理屋に奉公して修業を始めた。だが、先輩板前たちの酷い苛《いじ》めに遭った。太市は必死に堪えた。だが、堪えるのにも限りがあった。

太市は、苛める先輩板前たちを半殺しの目に遭わせて逃げた。

料理屋の主と板前たちは、お上に太市を訴え出た。

岡っ引の柳橋の弥平次は、太市がどうしてそんな真似をしたのかを調べ、先輩板前たちの酷い苛めを知った。

「太市じゃあなくても切れますよ」

幸吉や勇次《ゆうじ》は、太市に同情した。

下手に追い詰めて罪を重ねさせちゃあならねえ……。

弥平次は、太市を穏やかに捕まえろと幸吉、雲海坊、由松、勇次たちに命じた。

太市は逃げ廻り、腹を空かして動けなくなった処を幸吉と勇次に捕らえられた。

弥平次は、太市を大番屋に入れず、『笹舟』に引き立てて飯を腹一杯に食べさせた。

太市は、飯を食べながら鼻水をすすった。

弥平次は、太市に詳しい事情を訊いた。

睨み通り、太市の凶行は酷い苛めに堪えられなかった挙げ句のものだった。

弥平次は、吟味方与力の秋山久蔵に事の次第を告げ、太市に情けある裁きを願った。

久蔵は、罪は太市を凶行に追い込んだ酷い苛めにあるとし、料理屋の先輩板前たちを南町奉行所に引き立てた。そして、先輩板前たちを太市に対する暴行恐喝容疑で厳しく取調べた。

先輩板前たちは驚き、恐怖に震えた。

久蔵に容赦はなかった。

先輩板前たちは、太市への苛めを認めて許しを願った。

許して欲しければ、太市に暴行恐喝の訴えを取り下げて貰わなければならない。

それには、太市に対する訴えも取り下げなければならない。

久蔵は告げた。

先輩板前たちは、太市への訴えを取り下げた。

太市は無罪放免となり、弥平次と久蔵に深く感謝した。そして、船宿『笹舟』の船頭になりたいと申し出た。

弥平次は許し、太市を船頭見習いとして雇った。

太市は、裏表無く一生懸命に働いた。

船頭の親方の伝八は、素直な太市を可愛がった。

太市は、船宿『笹舟』の奉公人として張り切って船頭の修業を始めていた。

柳橋の船宿『笹舟』は、秋山屋敷から戻った養女のお糸が女将のおまきの名代《みようだい》を務めるようになり、若い太市も奉公して明るく賑わった。


巳《み》の刻四つ（午前十時）。

南町奉行所吟味方与力の秋山久蔵は、妻の香織と一子大助、与平お福夫婦に見送られて八丁堀岡崎町の組屋敷を出た。

組屋敷の前には、弥平次配下の幸吉が待っていた。

「お供します」

弥平次は、寄る年波で久蔵のお供が叶わなくなった与平に代わり、下っ引の幸吉を寄越していた。

「やあ。幸吉、わざわざ済まねえな」

久蔵は礼を述べ、幸吉を従えて南町奉行所に向かった。

八丁堀を出た久蔵と幸吉は、楓川に架かる弾正橋《だんじようばし》を渡って日本橋の通りに向かった。


晩秋の町には枯葉が舞い、行き交う人々は吹き抜ける木枯しに身を縮めていた。

日本橋の通りの京橋を渡り、新両替町《しんりようがえちよう》を進んで四丁目の辻を西に曲がると外濠に架かる数寄屋橋御門に出る。その数寄屋橋御門を渡ると南町奉行所があった。

久蔵は、日本橋の通りを京橋に向かった。

幸吉は続いた。

様々な人々が行き交う日本橋の通りの先に京橋が見えた。

久蔵は眉をひそめた。

京橋の欄干《らんかん》には、大店の奉公人らしき前掛をした若い女が佇み、思い詰めた様子で京橋川の流れを見つめていた。

危ねえ……。

久蔵の勘が囁いた。

「幸吉……」

久蔵は、厳しさを滲ませた。

「はい」

幸吉は、久蔵の声音に緊張した。

「京橋の欄干にいる前掛の女、身投げするぜ」

久蔵は、前掛の女を見つめて告げた。

思い詰めた顔の前掛の女は、解れ髪《ほつ》を不安げに揺らしていた。

「身投げ……」

幸吉は、戸惑いを浮かべて欄干の傍にいる前掛の女を見つめた。

「ああ。何気なく近寄るんだ」

久蔵は命じた。

「承知……」

幸吉は短く答え、素早い足取りで京橋に急いだ。

久蔵は、前掛の女に近寄った。

刹那、前掛の女は全てを振り払うように首を振り、欄干に上がって眼を瞑った。

そして、京橋川に身を翻そうとした。

「待て」

刹那、久蔵は裂帛《れっぱく》の気合いを放った。

前掛の女は、思わずたじろいで眼を瞠った。

同時に、幸吉が前掛の女を押さえた。

久蔵は駆け寄った。

行き交う人々が怪訝《けげん》に足を止めた。

「離して。離して下さい」

前掛の女は抗い、幸吉の手から逃れようとした。だが、幸吉は前掛の女を離さず、京橋を渡って新両替町の自身番に一気に連れ込んだ。

久蔵は続いた。


自身番は、三畳の座敷と板の間が続いており、家主、店番、番人の三人が詰めていた。

本来、自身番は家主二名、店番二名、番人一名の五人詰だが、何分にも狭いので略式の三人詰が多かった。

久蔵は、自身番の者たちに断わり、幸吉と共に前掛の女を奥の三畳の板の間に伴った。

前掛の女は、すすり泣いていた。

久蔵は、幸吉に事情を訊くように促した。

幸吉は頷いた。

「名前、何て云うんだい」

幸吉は、穏やかに尋ねた。

「そでと申します」

前掛の女は、涙で声を詰まらせた。

「歳は幾つかな」

「二十八歳です」

「名前はおそでさんで、歳は二十八か……」

「はい……」

おそでは、前掛で涙を拭いながら頷いた。

久蔵は、店番が淹れてくれた茶をすすりながら座敷で幸吉の尋問を見守った。

「それで、どうして身投げなんかしようとしたんだい」

「そ、それは……」

おそでは、怯えを過ぎらせて俯いた。

「云えないのか……」

おそでは、俯いたまま身を固くした。

「知っているか……」

久蔵は、家主たちに小声で尋ねた。

「いいえ……」

家主、店番、番人は、顔を見合わせて首を横に振った。

おそでは、この辺の者ではなかった。

京橋の架かる京橋川は、外濠から八丁堀を抜けて江戸湊《えどみなと》に流れ、他にも比丘尼《びくに》橋《ばし》、中ノ橋、白魚橋などがある。

おそでは、そうした橋の中で最も賑やかな日本橋通りの京橋で身投げをしようとした。

身投げを止められるのを期待しての事か、それとも京橋に何らかの意味があるのか……。

久蔵は、板の間にいるおそでを見つめた。

おそでは、身を固くして俯き、すすり泣いていた。

「どうしても云えないか……」

幸吉は、吐息混じりに尋問を続けていた。

久蔵は見守った。

いずれにしろ、おそでの身投げには何かが秘められている……。

久蔵は、興味が音もなく湧き上がるのを覚えた。


南町奉行所は晩秋の陽差しに包まれていた。

久蔵は、同心詰所を覗いた。

同心詰所では、臨時廻り同心の蛭子《えびす》市兵衛《いちべえ》が出涸《でがら》しの茶をすすっていた。

「これは秋山さま……」

「やあ、市兵衛。忙しいかな」

「いいえ。御覧の通りです」

市兵衛は苦笑した。

「そいつは良かった。実は頼みがある」

「ほう。私に頼みですか……」

市兵衛は、出涸し茶の入った湯呑茶碗を置いた。

おそでの沈黙は続いていた。

「幸吉……」

久蔵が自身番に戻って来た。

「はい」

「どうだ……」

「相変わらず何も話しちゃあくれませんよ」

幸吉は、諦めたように苦笑した。

おそでは、怯えたように久蔵を盗み見た。

「そうか。ま、おそでにもそれなりの事情があるんだろう。二度と身投げなどしないと約束するなら放免してやりな」

「はい……」

幸吉は頷いた。

おそでは、久蔵に感謝の眼差しを向けた。

おそでは、久蔵と幸吉に深々と頭を下げて京橋を渡って行った。

「追います……」

幸吉は、おそでを追い掛けようとした。

「待て……」

久蔵は制した。

塗笠を被った浪人が、路地から現れておそでを追った。

「秋山さま……」

幸吉は眉をひそめた。

「蛭子市兵衛だ……」

「蛭子の旦那ですか……」

幸吉は小さく笑った。

「ああ。市兵衛の後から追うんだな」

「心得ました」

幸吉は、市兵衛を追った。

久蔵は、おそでを泳がせて身投げの裏に秘められているものを突き止めようとした。

それには、面の割れている自分や幸吉より、他の者に追わせるべきだった。

久蔵は、南町奉行所にいた臨時廻り同心の蛭子市兵衛に尾行を命じた。

市兵衛はおそでを尾行た。

幸吉は、塗笠を被った浪人姿の市兵衛を追った。

久蔵は、日本橋に向かって行くおそでたちを見送った。


日本橋の通りは賑わっていた。

おそでは、賑わいの中を足早に進んだ。

蛭子市兵衛は、塗笠越しにおそでの後ろ姿を見据えて尾行た。

幸吉は市兵衛を追った。

おそでは、尾行を警戒する様子も見せずに進んだ。

市兵衛は思いを巡らせた。

おそでに尾行される心当りはない……。

市兵衛は見定めた。

おそでは、日本橋を渡って室町《むろまち》に進み、二丁目の辻を駿河町《するがちょう》に曲がった。そして、駿河町にある大戸を閉めた大店の裏手に廻った。

市兵衛は見届けた。

大戸を閉めている大店は、菓子屋『京屋《きょうや》』の軒看板が掲げられていた。

「菓子屋の京屋ですか……」

幸吉は、市兵衛の背後から囁いた。

「やあ。御苦労さん」

市兵衛は頷いた。

「いいえ。京屋と云えば白玉最中で名高く、大名や旗本の御用達《ごようたし》として繁盛している菓子屋ですね」

幸吉は眉をひそめた。

菓子屋『京屋』の白玉最中は、甘さを抑えた餡《あん》の中に白玉団子が入っており、人気のある菓子だった。

「うむ。大戸を閉めている。何かあったのかもしれないな」

市兵衛は睨んだ。

「ええ。ちょいと聞き込んで来ます」

「よし。俺はあの蕎麦屋から見張る」

市兵衛は、菓子屋『京屋』の斜向かいにある古い蕎麦屋を示した。

「はい。じゃあ……」

幸吉は身を翻した。

市兵衛は、古い蕎麦屋に向かった。


久蔵は南町奉行所に戻った。

「秋山さま……」

定町廻り同心の神崎和馬が、久蔵を待っていた。

「どうした」

「はい……」

和馬は、立ち話を躊躇った。

「一緒に参れ」

久蔵は、和馬を伴って用部屋に向かった。


色鮮やかな紅葉が一枚、用部屋に舞い込んでいた。

久蔵は、紅葉を拾って文机《ふづくえ》に置き、和馬と向かい合った。

「何があった」

「はい。二日前、或る旗本の主が急な病で死んだとか……」

「良くある話じゃあねえか」

久蔵は、皮肉っぽく笑った。それは、病を口実にする武家の不祥事を指していた。

「ええ。その急な病、実は毒を盛られたとの噂がありましてね」

和馬は眉をひそめた。

「毒だと……」

久蔵は、厳しさを過ぎらせた。

「はい」

和馬は頷いた。

「旗本、何処の誰だ……」

「駿河台《するがだい》は表猿楽町《おもてさるがくちょう》の野沢監物《のざわけんもつ》さま……」

和馬は、久蔵の反応を探るように告げた。

「野沢監物……」

久蔵は眉をひそめた。

「はい。二千石取りの小普請《こぶしん》で、何かと悪い噂のある方です」

「うむ……」

久蔵は頷いた。

旗本野沢監物は俗に云う好事家《こうずか》であり、名のある絵や書、茶道具などを騙《かた》りや強請紛いで己のものにし、刃向かう者は無礼打ちにすると噂された。

無礼打ちや手討ちは、奉公人や行きずりの者にも及び、野沢家の親類縁者の中でも持て余されていた。

その野沢監物が、二日前に急な病で死んだ。そして、その背後には毒を盛られたと云う噂があるのだ。

「野沢監物が毒を盛られたか……」

「ええ。噂が本当なら怨みを買っての事だと思いますが……」

和馬は言葉を濁した。

「毒を盛ったのは、名のある茶道具や古美術品を騙《だま》し取られたり、強請り取られた者か」

久蔵は、和馬の睨みを読んだ。

「きっと……」

和馬は頷いた。

「ま、野沢が死んで喜ぶ者はいても、哀しむ者は滅多にいねえだろう。だが、殺

し は殺しだ。真相を突き止めるのは俺たちの役目。ちょいと探ってみるか」

久蔵は苦笑した。

「はい」

和馬は顔を輝かせた。

「だがな和馬。相手は傍若無人で鼻摘みの旗本。毒を盛った者を突き止めたら必ず報せるんだぜ」

久蔵は命じた。

「心得ました。では……」

和馬は久蔵に一礼し、張り切って用部屋を出て行った。

久蔵は和馬を見送った。

冷たい風が吹き抜け、中庭から紅葉が舞い込んだ。


駿河町の菓子屋『京屋』は、大戸を閉めたままだった。

蛭子市兵衛は、古い蕎麦屋の奥の小部屋で出涸し茶をすすり、窓から斜向かいに見える『京屋』を見張っていた。

「蛭子の旦那……」

襖の外から幸吉の声がした。

「おう。入りな……」

「はい」

幸吉が入って来た。

「御苦労だったね」

市兵衛は手を叩いた。

「御注文ですか……」

小女《こおんな》が覗いた。

「ああ。熱燗を頼むよ」

「はい……」

小女は立ち去った。

「で、何か分かったか……」

「おそで、やはり京屋の奉公人でしてね。お嬢さん付きの女中だそうです」

幸吉は告げた。

「お嬢さん付きの女中……」

「ええ。お嬢さん、おきょうって名前で十歳だそうです」

「幸吉、そのおきょうって十歳のお嬢さん、どうしているのかね……」

市兵衛の眼が鋭く輝いた。

二

おそでは、菓子屋『京屋』の奉公人であり、十歳の娘おきょう付きの女中だった。

お嬢さま付きの女中は、お嬢さまの身の廻りの世話やお供をするのが仕事だ。おそでは、おきょうの日常生活の世話をし、お針や琴などの習い事に出掛けるお供をしていた。

その女中のおそでが、何故か京橋で身投げをしようとした。

菓子屋『京屋』のある駿河町は、外濠や日本橋川が近い。それなのに、わざわざ京橋に行き、京橋川に身投げをしようとしたのには、何らかの理由があるのだ。

その理由は何なのだ……。

市兵衛は気になった。

「お嬢さんのおきょうなんですが、此処の処、見掛けた者はいないんですよね」

「かなりの箱入り娘なのかい……」

「ま、箱入りは箱入りなんですが、いつもはおそでをお供に習い事に行くのを近所の人が見掛けているんですが……」

幸吉は眉をひそめた。

「此処の処、見掛けないか……」

市兵衛は読んだ。

「ええ……」

幸吉は、戸惑いを滲ませて頷いた。

小女が熱燗徳利を持って来た。

「おまちどおさま」

幸吉は、市兵衛の猪口に酒を満たした。

市兵衛は、微かに湯気の立ち昇る酒をすすった。

「ああ、熱燗の似合う季節になったねえ。幸吉、遠慮は無用だよ」

市兵衛は微笑んだ。

「はい。戴きます」

幸吉は、手酌で酒を飲んだ。

「市兵衛の旦那。おそでの身投げ、お嬢さんのおきょうと拘わりあるんですかね」

「此処の処、おきょうの姿が見えないとなると、拘わりあるのかもしれないな」

市兵衛は酒を飲んだ。

「で、おそで、どんな女なんだい」

「住込み奉公の女中でして、読み書きが出来る真面目な働き者。武家奉公もした事があるとかで、お嬢さま付きになったそうです」

「おそで、住込みって事は、亭主も子供もいないんだね」

「きっと……」

幸吉は頷いた。

「それにしても、京屋は今日、どうして休みなんだい」

「それなんですが、三日前から店を閉めているそうでしてね。近所の人たちも良く分からないと……」

菓子屋『京屋』の休みは、おそでの身投げと拘わりがあるのかもしれない。

市兵衛は思いを巡らせた。

「京屋が店を閉めている理由と、娘のおきょうか……」

市兵衛は、手酌で酒を飲んだ。

「市兵衛の旦那……」

「幸吉、京屋が休みになった三日前、京橋で何かあったのかもしれないな」

市兵衛は、猪口の酒を飲み干した。

「ええ。市兵衛の旦那。構わなければ京橋に一っ走りしますが……」

幸吉は、市兵衛の指図を仰いだ。

「うん。京屋は私が見張る。頼むよ」

市兵衛は頷いた。


駿河台表猿楽町の野沢屋敷は表門を閉めていた。

主の監物を亡くした野沢家は、喪に服しているのだ。

野沢家は子のいない監物が急死し、弟の真次郎《しんじろう》が家督相続願いを公儀に出していた。

公儀は、真次郎の家督相続願いをまだ許してはいなかった。

野沢家は、身を縮め息を潜めて公儀の許しを待っていた。

死んだ先代監物の不行跡は、野沢家の行く末を不安に陥れていた。不安は、一族の者は勿論、家来や中間・下男などの奉公人にも及んでいた。

和馬は、弥平次の手先の由松と共に野沢屋敷を見張った。

「野沢の殿さま、病じゃあなかったのは確かですぜ」

旗本屋敷の中間頭は、嘲りを浮かべた。

「その殿さまが、突然ころりか……」

和馬と由松は、旗本屋敷の中間部屋の武者窓から見える野沢屋敷を窺った。

野沢屋敷は表門を閉じ、静寂に包まれていた。

和馬と由松は、野沢屋敷の向かい側の旗本屋敷の中間頭に金を握らせ、中間部屋の一室を見張り場所として借りた。

「ええ。朝飯を食って茶を飲んでいる時、突然倒れて息を引き取ったとか。呆気《あっけ》ねえもんですよ」

中間頭は嘲笑した。

「殿さまが死んだ時、屋敷に変わった事はなかったかな」

和馬は尋ねた。

「茶道具屋の旦那が、貸した茶釜を返してくれと表門の前で泣いて頼んでいましてね。きっと値の張る名高い茶釜なんでしょうね」

「だろうな……」

和馬は頷いた。

野沢監物は、茶道具屋から名のある茶釜を借り、そのまま己の物にしたのだ。

「で、その茶道具屋の旦那、どうしたんだい」

由松は眉をひそめた。

「家来たちが無理矢理に追い払いましたよ」

「酷《ひで》えな……」

由松は呆れた。

野沢監物の噂は本当なのだ。

そうした商人や怨みを抱いた者が、野沢監物に毒を盛ったのか……。

「その茶道具屋、何処の何て店かな」

和馬は、野沢監物を怨んでいる者を尋ねた。

「さあ、そこ迄は……」

中間頭は首を横に振った。

「そうか……」

和馬と由松は、野沢屋敷の見張りを続けた。

日本橋通りの京橋は京橋川に架かり、北に南伝馬町《みなみでんまちょう》、南に新両替町の町並が続いている。

幸吉は、京橋を渡る手前の南伝馬町三丁目の自身番を訪れた。

「三日前、京橋でですか……」

自身番の番人は、戸惑いを浮かべた。

「ええ。何か気になる事、ありませんでしたかね」

「気になる事ねえ……」

番人は、一緒に自身番に詰めている家主や店番を窺った。

家主と店番は、困惑した面持ちで首を捻った。

「ありませんか……」

幸吉は肩を落とした。

「ええ。道を尋ねに来たり、連れとはぐれたって人が来たぐらいで、別に気になる事はなかったけどねえ」

番人は、申し訳なさそうに告げた。

「そうだねえ。私も大店の女中らしい女が血相を変えて駆け込んで来たのを覚えているぐらいだよ」

店番が告げた。

「大店の女中らしい女ですか」

おそでかもしれない……。

幸吉は、思わず身を乗り出した。

「ええ……」

「大店の女中、何しに……」

「確かはぐれた連れが来ちゃあいないかと……」

「はぐれた連れ……」

幸吉は眉をひそめた。

「でも、連れとはぐれたって人は、此処には来ちゃあいなくてね。そう云うと、女中らしい女、飛び出して行ったよ」

三日前、大店の女中らしき女が、はぐれた連れを捜していた。

幸吉は、店番に女中らしき女の人相風体を尋ねた。しかし、店番は女中らしき女の人相風体を良く覚えてはいなかった。

「そうですか……」

幸吉は思いを巡らせた。

大店の女中らしき女がおそでなら、はぐれた連れはお嬢さまのおきょうなのかもしれない……。

つまり三日前、おそではおきょうのお供をして京橋にやって来てはぐれ、血相を変えて捜し廻った。

幸吉は読んだ。そして、自身番の者たちに礼を述べ、向かい側の木戸番に向かった。

木戸番は、町木戸の管理や夜廻りなどが仕事であり、草鞋《わらじ》や炭団《たどん》、渋団扇《しぶうちわ》などを売る荒物屋を営んでいた。そして、木戸番は町内に詳しい処から捕物の案内や手伝いもした。

南伝馬町三丁目の木戸番は、幸吉と顔見知りの平助《へいすけ》だった。

木戸番の平助は出掛けていた。

幸吉は、京橋を中心とした一帯に聞き込みを掛ける事にした。

陽は西に傾き、木枯しが吹き始めた。

晩秋の日暮れは早い。

駿河台表猿楽町の野沢屋敷は、身を慎むようにひっそりとしていた。

和馬と由松は、見張りを続けた。

夕暮れ時、野沢屋敷の表門脇の潜り戸から下男風の男が出て来た。

「頭……」

由松は、旗本屋敷の中間頭を呼んだ。

「おう、なんだ」

「野郎、何者だい」

「ああ。渡り中間の源助《げんすけ》だぜ」

渡り中間とは、武家が人件費を節約する為に雇う日払いの中間だ。

「源助、野沢屋敷は長いのかな」

「ああ。もう五年ぐらいになるぜ」

渡り中間と云っても、家風や屋敷の仕来《しきた》りに馴れている者の方がいい。

武家は、馴れている渡り中間を長く雇うのが普通だった。

「源助、酒はどうだい」

「眼のねえ野郎だぜ」

中間頭は苦笑した。

「旦那……」

「うん……」

和馬と由松は、旗本屋敷の中間部屋を出た。

夜の武家屋敷街には、木枯しが吹き抜けていた。

源助は、木枯しに吹かれて身を縮め、神田川に急いでいた。

和馬と由松は追った。


京橋川を吹き抜ける夜風は冷たかった。

「迷子……」

幸吉は眉をひそめた。

「へい。大店の女中風の女、お供をして来たお嬢さまとはぐれたとか云って捜していましてね。見掛けなかったかと訪ねて来たんです」

木戸番の平助は、待たせた事を詫びて幸吉の話を聞き、知っている事を話した。

「お嬢さまとはぐれた……」

大店の女中らしい女がおそでなら、はぐれたお嬢さまは菓子屋『京屋』の娘のおきょうとなる。

「ええ。で、お嬢さまの歳を訊いたら十歳だとか……」

十歳のお嬢さま……。

幸吉は、十歳のお嬢さまが菓子屋『京屋』の娘のおきょうであり、女中らしい女がおそでだと見定めた。

「それで、どうしたんだい」

「十歳なら人に訊いてでも家には帰れる歳だし、一人で帰ったんじゃあねえかと云ったんですよ」

平助は、熱い茶を淹れて幸吉に差し出した。

「そうしたら、その女、あわてて日本橋の方に行きましたよ」

おそでは、お嬢さまのおきょうが一人で帰ったと淡い期待を抱き、菓子屋『京屋』に帰ったのだ。

三日前、菓子屋『京屋』の娘のおきょうは、京橋でおそでとはぐれて姿を消した。そして、おきょうは今以て行方知れずなのだ。

おそでは、戻らぬおきょうを捜して京橋に来た。だが、おきょうは見つからず、思わず身投げをしようとした。

幸吉は事態を読んだ。

「幸吉……」

久蔵が京橋を渡って来た。

「こりゃあ秋山さま……」

「どうだ、何か分かったか……」

「はい」

幸吉は、身投げをしようとした女中らしき女が菓子屋『京屋』の奉公人のおそでであり、十歳になる娘のおきょう付きの女中だと報せた。そして、娘のおきょうが、三日前に京橋でおそでとはぐれたと告げた。

「菓子屋の京屋と云えば、大名旗本の御用達として名高い老舗《しにせ》だな」

「はい」

「そうか……」

久蔵の眼が鋭く輝いた。

「よし。京屋に行くぜ」

久蔵は、幸吉を従えて日本橋の通りを菓子屋『京屋』に急いだ。

湯島天神門前町の居酒屋は、夜風に冷えた身体を酒で温める客で賑わっていた。

渡り中間の源助は、一人片隅で安酒をすすっていた。

和馬は、黒紋付羽織を木戸番に預けて浪人を装い、由松と共に酒を飲みながら見守った。

源助は、手酌で黙々と酒を飲んでいた。

和馬と由松は、熱燗をすすりながら見守った。

源助は徳利が空になったのを確かめ、巾着《きんちゃく》を出して中を覗いた。そして、小さな吐息を洩らし、巾着を懐に入れた。

「兄い。酒を頼むぜ」

源助は、店の若い衆に威勢良く酒を頼んだ。

「それから厠《かわや》は何処だい」

「裏を出た処ですぜ」

「おう。そうか……」

源助は、座を立って裏口に向かった。

「和馬の旦那……」

由松は眉をひそめた。

「野郎、飲み逃げするかもな……」

和馬は睨んだ。


源助は、鼻歌混じりに小便をし、店に戻らず狭い路地を表に向かった。

和馬の睨み通り、飲み逃げだった。

通りに出た源助は、足早に居酒屋から離れた。

暗がりから現れた和馬が、擦れ違いざまに長い脚を飛ばした。

源助は、足を取られて倒れ込んだ。

「何をしやがる」

源助は怒鳴った。

「煩せえ」

由松が源助を押さえた。

「離せ。馬鹿野郎」

源助は抗った。

「静かにしろ源助。粋がるのなら酒代を払ってからにするんだな」

和馬は嘲笑した。

源助は驚き観念した。

菓子屋『京屋』は、大戸を開ける事もなく一日を終えた。

蛭子市兵衛は、幸吉の報告を聞き終えた。

「そのはぐれた娘のおきょう、おそらく未だ以て行方知れずなのだろうな」

市兵衛は眉をひそめた。

「きっと……」

幸吉は頷いた。

「市兵衛、京屋は多くの大名旗本家の御用達だそうだが、その中に野沢監物って旗本はいるかな」

久蔵は尋ねた。

「野沢監物さまですか……」

「ああ。いるんだな」

「はい。確か表に御用達の金看板が架かっていたと思います」

菓子屋『京屋』と旗本野沢家は、僅かながらだが拘わりがあった。

「旗本の野沢監物さまが何か……」

「急な病で頓死《とんし》したそうだが、どうやら毒を盛られたようでな」

久蔵は、微かな嘲りを過ぎらせた。

「毒……」

市兵衛と幸吉は驚いた。

「ああ……」

久蔵は頷いた。

「毒ですか……」

市兵衛は久蔵を見つめた。

「ああ。野沢監物の件でちょいと探りを入れてみる。一緒に来な」

久蔵は、小さな笑みを浮かべた。


菓子屋『京屋』は、怯えと緊張に覆われていた。

久蔵と市兵衛は座敷に通された。

「どうぞ……」

女中は、恐ろしげな面持ちで茶を差し出して立ち去った。

「何やら怯えていますな」

市兵衛は、出された茶をすすった。

「ああ……」

久蔵は苦笑した。

家の中には、息を詰めている気配が漂っていた。

「お待たせ致しました」

肥った初老の男が入ってきた。

「お待たせ致しました。京屋の主の四郎兵衛《しろべえ》にございます」

京屋四郎兵衛は、その顔に疲れと怯えが滲んでいた。

「私は南町奉行所吟味方与力の秋山久蔵。これなるは蛭子市兵衛だ」

久蔵は名乗り、市兵衛を引き合わせた。

「秋山さまに蛭子さまでございますか……」

「うむ。それで四郎兵衛。夜分、訪れたのは他でもない。その方、駿河台表猿楽町の旗本野沢家の御用達を務めているな」

「は、はい……」

四郎兵衛は、浮かぶ怯えを隠すように頷いた。

「その野沢家の主の監物どのが頓死した」

「お、御殿さまが……」

四郎兵衛は驚いた。

「ああ。それで四郎兵衛、京屋は最近いつ野沢家に菓子を納めたのだ」

久蔵は、四郎兵衛を見据えて尋ねた。

「そ、それは……」

四郎兵衛は激しく狼狽した。

旗本野沢監物の毒殺に何らかの拘わりがある……。

久蔵と市兵衛は睨んだ。

「いつなんだい……」

「は、はい。三日前に……」

「ほう、三日前か……」

三日前は娘のおきょうがおそでとはぐれた日であり、旗本野沢監物が死んだのは翌日だ。

「どんな菓子を納めたんだい」

「白玉最中を……」

四郎兵衛は、身を固くして僅かに震えた。

「そうか。白玉最中か……」

菓子屋『京屋』四郎兵衛は、旗本野沢監物毒殺に何らかの拘わりがある……。

久蔵は確信した。

「処で四郎兵衛。その方には十歳になるおきょうと申す娘がいるそうだな」

「は、はい……」

四郎兵衛は、久蔵の言葉に弾かれたように狼狽え、恐怖に震えた。

「逢えるかな……」

久蔵は、四郎兵衛を見据えた。

「おきょうにございますか……」

四郎兵衛の声は上擦り、擦《かす》れた。

「ああ。まだ寝ちゃあいねえだろう……」

「は、はい。ですが、おきょうは今、親類の家に泊まりがけで遊びに行ってまして……」

四郎兵衛は、苦しげに言葉を濁した。

「ほう。そいつは残念だが、おきょう付きの女中もかい」

「はい。勿論にございます」

四郎兵衛は俯き、己の表情を懸命に隠した。だが、その嗄れた声は隠しようがなかった。

「そうか。いや、夜分邪魔をしたな。市兵衛」

「はい……」

久蔵は、市兵衛を促して立ち上がった。

家の中には、詰めていた息を洩らす気配が満ち溢れた。

行燈の火は瞬いた。

久蔵と市兵衛は、菓子屋『京屋』を出て幸吉の待っている古い蕎麦屋に向かった。

「娘のおきょう、京屋にいませんね」

市兵衛は眉をひそめた。

「ああ。そして、野沢家に納めた白玉最中だ」

「おきょうと野沢監物さまの毒殺、拘わりありますか……」

「おそらくな……」

久蔵は冷笑を浮かべた。

三

月影は神田川に蒼白く映え、流れに揺れていた。

和馬と由松は、渡り中間の源助を神田川の船着場に引き据えた。

「旦那、親分、どうかお見逃しを……」

源助は、和馬と由松に手を合わせた。

「源助、このまま飲み逃げで牢屋にぶち込んでも良いんだが、旦那に訊かれた事に正直に答えれば勘弁してやってもいいんだぜ」

由松は凄味を利かせた。

「話します。何でも話します」

源助は、酒の酔いも醒めたのか、身を小刻みに震わせた。

「源助。二日前に病で死んだ野沢家の殿さま、毒を盛られたって噂を聞いたが、家中の者たちはどう云っているのだ」

和馬は、源助を厳しく見据えた。

「へ、へい。御家来衆たちは、遣り過ぎた報いだと……」

「家来たちも、殿さまの騙り紛いの強引な遣り方には呆れていたか……」

和馬は苦笑した。

「へい」

源助は頷いた。

「で、殿さまは朝飯を食い、茶を飲んでいて倒れたんだな」

「左様にございます」

「家来たちは、誰がどうやって毒を盛ったと云っているのだ」

「やはり、値の張る茶釜や茶碗を返して貰えない茶道具屋の秀泉堂《しゅうせんどう》が、茶道具に毒を塗っての仕業ではないかと……」

「茶道具屋の秀泉堂か……」

「へい……」

野沢家家中の者たちは、監物に毒を盛ったのを木挽町《こびきちょう》に店を構える茶道具屋『秀泉堂』だと睨んでいる。

「で、家中の者たちはどうする気だ」

「はあ。何はともあれ、傍若無人な振る舞いのお殿さまが亡くなり、正直ほっとしている処でして……」

「ほっとしているか……」

「へい……」

野沢家にとって、殿さま監物の存在は悩みの種だった。その悩みの種が取り除かれ、野沢家は安堵の雰囲気が広がっているのだ。

和馬は、家来たちの気持ちが分からないでもなかった。

「で、野沢家の家督は誰が継ぐのだ」

「お殿さまにはお世継ぎがいらっしゃいませんので、部屋住みの真次郎さまが……」

野沢家家中は、どうやら監物の弟の真次郎を中心にして纏《まと》まり、当主の急死と云う窮地を乗り切ろうとしている。

「じゃあ、野沢家のみんなにしてみりゃあ、殿さまに毒を盛った奴に足は向けられねえって処だな」

由松は苦笑した。

「へい。まあ……」

源助は、流石《さすが》に言葉を濁した。

野沢家は、真次郎の家督相続に公儀の許しが出る迄、ひたすら身を謹んで時を過ごすしかないのだ。

「そうか。で、野沢屋敷、少しは落ち着いたかい」

「何とか。ですが……」

源助は、恐ろしげに眉をひそめた。

「どうかしたのか……」

和馬は戸惑った。

「へい。こいつはあっしが聞いたんじゃあねえんですがね、夜中に奥御殿で人のすすり泣きが聞こえるとか……」

「毒を盛られた殿さまの幽霊って訳か……」

由松は眉をひそめた。

「じゃないかと……」

源助は、恐ろしそうに頷いた。

「毒を盛られて死んで二日目に出るとは、気の早い幽霊だな」

和馬は笑った。

神田川に櫓の軋《きし》みが響き、流れの奥の暗がりに船行燈の明かりが小さく浮かんだ。

秋山屋敷は既に門前の掃除を終えていた。

与平は、落葉を燃やしながら前庭の掃除をしていた。

「お早うございます」

岡っ引の柳橋の弥平次が、太市を連れて表門を潜って来た。

「こりゃあ親分、お早うございます」

与平は、掃除の手を止めた。

「与平さん、こっちは太市と申しましてね。新しくうちに来た船頭の見習いです。宜しくお引き廻しを……」

弥平次は、与平に太市を引き合わせた。

「太市です……」

太市は、若々しい顔を緊張させて頭を深々と下げた。

「ほう。太市か、しっかりやりな」

「はい」

「これから時々、御屋敷にお出入りすると思いますので、奥さまやお福さんにも御挨拶をしようかと……」

「うん。旦那さまの朝餉《あさげ》も終わり、奥さまは台所で片付けをしているぜ」

「そうですか。じゃあ、ちょいと失礼して……」

「ああ……」

弥平次は、太市を伴って台所に向かった。

太市は、若々しい身体を緊張させながら台所に向かった。

与平は、眩しげに見送った。


香織とお福は、弥平次と太市を賑やかに迎えた。

「あらまあ、太市ちゃんか、お腹は空いていないかい」

お福は、ふくよかな身体を揺らして尋ねた。

「は、はい……」

太市は戸惑った。

「お福、太市さんは笹舟の人ですよ。女将さんがお腹を空かさせる筈、ありませんよ」

香織は苦笑した。

「そりゃあそうですね」

お福は笑った。

「奥さま、お福さん、太市はうちに来る迄は、料理屋で板前の修業をしていましてね。飯炊きや多少の料理は出来ますので、台所のお手伝いも言い付けてやって下さい」

お福が告げた。

「奥さま、旦那さまのお出掛けになる刻限ですよ」

太市は、照れ臭そうに頬を赤らめた。

香織は微笑んだ。

「それは頼もしいですね」

弥平次は笑った。


秋山久蔵は、香織とお福に見送られて式台を降りた。

玄関先には、与平が弥平次や太市と待っていた。

「お早うございます」

弥平次は挨拶をした。

太市は、弥平次の背後で深々と頭を下げた。

「やあ、弥平次。おう、太市じゃあねえか」

「はい」

太市は、緊張に震えた。

久蔵は、太市が苛める先輩板前たちを半殺しにした事件を裁いた与力だった。

「そうか。幸吉の代わりか」

今、幸吉は蛭子市兵衛と菓子屋『京屋』の探索をしている。

弥平次は、久蔵の出仕のお供に取り敢えず太市を連れて来たのだ。

十七歳の太市に、秋山久蔵のお供は難しいのかもしれない。

だが、太市には出来る筈だ……。

弥平次は太市を信じた。

「はい。何分、宜しくお願いします」

弥平次と太市は、久蔵に頭を下げた。

「ああ。太市、宜しく頼むぜ」

久蔵は気さくに云い、表門に向かった。

「太市……」

弥平次は太市を促した。

「はい。お供します」

太市は、久蔵の後に続いた。

「お気をつけて……」

与平と弥平次は見送った。

久蔵は、太市を従えて南町奉行所に向かった。


南町奉行所では、定町廻り同心の神崎和馬が待っていた。

「御苦労だったな、太市。組屋敷に戻って与平の手伝いをしてくれ」

久蔵は、太市に組屋敷に戻るように命じた。

「承知しました。では……」

太市は、八丁堀岡崎町の組屋敷に軽快な足取りで戻って行った。

久蔵は、和馬を伴って用部屋に向かった。

和馬は、旗本の野沢監物の死に関して分かった事を報せた。

「茶道具屋の秀泉堂の主か……」

久蔵は眉をひそめた。

「はい。野沢家の家来たちは、秀泉堂の主が何らかの手立てで毒を盛ったのだろうと……」

「野沢家の家来たちがな……」

久蔵の眼に厳しさが過ぎった。

「はい……」

「野沢家の家来たちも、疫病神《やくびょうがみ》の監物がいなくなってほっとしたのだろうな」

「そりゃあもう。ですから、秀泉堂が毒を盛ったかどうか、密かに探る事もせずに身を慎み、部屋住みの真次郎に御公儀の家督相続のお許しが出るのを待っております」

「そうなりゃあ、野沢家は監物の所業に怯える事もなく万々歳か……」

久蔵は苦笑した。

「はい……」

和馬は頷いた。

「それで、茶道具屋の秀泉堂はどうした」

「由松が見張っております」

茶道具屋『秀泉堂』は、日本橋の通りの尾張町二丁目の辻を東に曲がり、三十間堀《さんじっけんぼり》に架かる木挽橋を渡った木挽町五丁目にあった。

由松は、茶道具屋『秀泉堂』主の清左衛門《せいざえもん》の見張りに付いていた。

「今はそれしかないか……」

久蔵は呟いた。

「処で秋山さま。野沢家屋敷に早くも監物の幽霊が出るらしいですよ」

和馬は笑った。

「幽霊……」

久蔵は眉をひそめた。

「ええ。夜、奥御殿で人のすすり泣きが聞こえるそうですよ」

「すすり泣きだと……」

久蔵は厳しさを滲ませた。

「はい」

「和馬、茶道具屋の秀泉堂より、そのすすり泣きの正体を突き止めるんだな」

「秋山さま……」

和馬は戸惑った。

「和馬、この一件の絵図、どうやら読めたぜ」

久蔵は不敵に笑った。

菓子屋『京屋』は、大戸を閉めたままだった。

幸吉は見張った。

女中のおそでが、裏手に続く路地から足音を忍ばせて出て来た。

窶《やつ》れ、思い詰めた顔だった。

幸吉は緊張した。

おそでは『京屋』を窺い、足早に日本橋の通りに向かった。

幸吉は追った。


南町奉行所を出た和馬は、木挽町の茶道具屋『秀泉堂』に走った。

茶道具屋『秀泉堂』の表には、由松が見張りに付いていた。

「由松……」

「どうしました……」

由松は、息を荒く鳴らす和馬に戸惑った。

「野沢屋敷に戻る」

「野沢屋敷に……」

「うん。奥御殿のすすり泣きの正体を突き止めにな」

「すすり泣きの正体……」

「うん。詳しい事は道々話す」

「分かりました」

由松は、和馬と共に駿河台表猿楽町の野沢屋敷に急いだ。


おそでは、数寄屋橋御門の陰に身を潜めて南町奉行所を窺った。

おそでは、秋山さまに逢いに来た……。

幸吉は睨んだ。

久蔵に逢いに来たおそでは、南町奉行所の厳《いか》めしさにたじろいだのか、物陰から出る事はなかった。

幸吉は南町奉行所に入り、顔見知りの小者に久蔵を呼んで欲しいと頼んだ。

「どうした」

久蔵は、刀を手にして出て来た。

「おそでが……」

幸吉は、表門の向こうに見える数寄屋橋御門の陰にいるおそでを示した。

久蔵は眉をひそめた。

「秋山さまに逢いに来たようですが、どうも気後れしたようです」

「よし。比丘尼橋に行く。幸吉はおそでの後から来てくれ」

「心得ました」

久蔵は、刀を腰に差しながら表門に向かった。


おそでは、町奉行所を出て来る久蔵に気が付いた。

久蔵は、外濠沿いの道を比丘尼橋に向かった。

おそでは久蔵を追った。

幸吉は、南町奉行所を出ておそでを尾行た。


外濠の水面は、舞い散った落葉で彩られていた。

比丘尼橋は、外濠と繋がる京橋川に架かっていた。京橋川は、楓川を過ぎてから艀《はしけ》が往来出来るように開鑿《かいさく》され、八丁堀となっている。

久蔵は、比丘尼橋の袂で立ち止まって振り返った。

おそでには、身を隠す時も場所もなかった。

「やあ……」

久蔵は笑い掛けた。

おそでは立ち竦んだ。

「俺に何か用があるのかな」

久蔵は、笑顔で近付いた。

おそでは、思わず後退りした。

背後には幸吉がいた。

おそでは項垂れた。

「おそで、京屋の娘のおきょうは、京橋で拐《かどわ》かされたんだな」

久蔵は穏やかに尋ねた。

「秋山さま……」

おそでは、呆然と久蔵を見つめた。

「そうだな」

久蔵は、おそでを見据えた。

「お助け下さい、秋山さま。お嬢さまのおきょうさまをお助け下さい。この通り、お願いにございます」

おそでは、久蔵に土下座した。

「おそで、仔細を聞かせて貰おうか……」

久蔵はしゃがみ込んだ。

「はい。あの日、お嬢さまは木挽町のお針のお師匠さまの処に行った帰りでした。お嬢さまと私は、京橋の袂の甘味処でお汁粉を食べて……」

汁粉を食べ終わったおそでは、おきょうを甘味処の表で待たして勘定を払った。そして、勘定を払い終わって甘味処を出た。表には待っている筈のおきょうはいなかった。

おそでは捜し廻った。だが、おきょうは何処にもいなかった。

先に帰ったのかもしれない……。

おそでは、駿河町の菓子屋『京屋』に急いで戻った。

「そうしたら……」

おそでは涙を滲ませた。

「おきょうを拐かしたとの報せが届いていたのか……」

久蔵は読んだ。

「はい。そして、お嬢さまを無事に帰して欲しければ、鳥兜《とりかぶと》を入れた白玉最中を作って置けと……」

おそでは、零《こぼ》れる涙を拭った。

「鳥兜を入れた白玉最中……」

久蔵は困惑した。

拐かし犯は、おきょうの命と引き替えに毒入り白玉最中を要求して来た。

久蔵は、その意外さに眉をひそめた。

「はい」

「で、京屋四郎兵衛は、鳥兜入りの白玉最中を作ったんだな」

「はい。旦那さまは、お嬢さまの命には替えられないと……」

「それで鳥兜入りの白玉最中、どうしたのだ」

「はい。その日の夜、頭巾を被った御武家さまがお見えになって……」

「持って行ったか……」

「はい。ですが、お嬢さまは戻らなかったのです。旦那さまは、町奉行所に訴える事も出来ず。私は、いても立ってもいられず。京橋でお嬢さまを捜しました。でも……」

おそではすすり泣いた。

「おきょうはいなく、思わず身投げをしようとしたか……」

「はい……」

　おそでは項垂れた。

「秋山さま……」

　幸吉は、おそでの告白を信じた。

「ああ……」

　菓子屋『京屋』の娘のおきょうは、何者かに拐かされた。そして、身代金代わりに鳥兜入りの白玉最中を作らされ、訪れた頭巾の武士に渡した。

「その武士、どんな野郎か分かるか……」

「番頭さんの話では、浅葱裏《あさぎうら》じゃあなかったとか……」

〝浅葱裏〟とは、大名家の家臣が羽織の裏地に浅葱木綿を使っていた事から吉原で云われ始めた〝田舎者〟と云う意味の蔑称だ。

「浅葱裏じゃあないとなりゃあ……」

「御直参かその家来ですか……」

　幸吉は睨んだ。

「ああ。そう云う事になるな」

久蔵は苦笑した。

「おそで、おきょうは必ず無事に連れ戻すぜ。京屋で待っているんだな」

「秋山さま、宜しくお願い致します」

おそでは、涙を拭いながら頭を下げた。

「幸吉、おそでを京屋に送ってやりな。そしてな……」

久蔵は、幸吉に何事かを囁いた。

「承知致しました」

幸吉は、厳しい面持ちで頷いた。

「おそで、良く話してくれた。おきょうに対するお前の忠義な気持ち、決して無駄にはしねえぜ」

久蔵は微笑み、踵《きびす》を返して南町奉行所に戻った。

おそでは、手を合わせて久蔵を見送った。

外濠の水面に紅葉が散り、小さな波紋がささやかに広がった。

四

木枯しが吹き抜けた。

落葉は木枯しに舞い、野沢屋敷の門前に吹き寄せられていた。

和馬と由松は、向かい側の旗本屋敷の中間部屋から見張った。

野沢屋敷は人の出入りも少なく、静寂に覆われていた。

「幽霊の正体ですか……」

由松は眉をひそめた。

「うん。秋山さまの睨みじゃあ、そいつを突き止めれば何もかも分かるそうだ」

和馬は頷いた。

「その幽霊の正体、どうやって突き止めるかですね」

「ああ。ま、渡り中間の源助を使って野沢屋敷に忍び込み、調べるしかあるまい」

和馬は緊張を過ぎらせた。

木枯しが音を立てて落葉を舞いあげた。

「秋山さま、柳橋の幸吉さんがお見えにございます」

用部屋の障子越しに小者の声がした。

久蔵は座を立ち、用部屋の障子を開けた。

庭先に小者が控えていた。

「幸吉、通してくれ」

久蔵は、小者に命じた。

「はい」

小者は木戸口に退がり、代わって幸吉が入って来て控えた。

「構わねえ。寄りな」

久蔵は濡縁に出た。

「はい……」

幸吉は、濡縁の久蔵の許に寄った。

「京屋に訊いて参りました」

「うむ。で……」

「はい。旗本野沢監物さま、京屋銘菓の白玉最中、大好物だそうです」

幸吉は告げた。

「やはりな……」

久蔵は苦笑した。

「秋山さま。そうなると、おきょうを拐かして京屋に鳥兜入りの白玉最中を作らせ、取りに来た侍ってのは、まさか……」

幸吉は眉をひそめた。

「ああ。おそらくそのまさかだぜ……」

久蔵は笑った。


晩秋は日暮れが早い。

戌《いぬ》の刻五つ（午後八時）の鐘が鳴った。

和馬は黒紋付の巻羽織を脱ぎ、着物の裾を端折《はしょ》って手拭で頰被りをした。

「これじゃあ、まるで盗人だな」

和馬は、苦笑しながら大刀を腰に差した。

「ええ……」

由松は、手拭で頰被りをして風呂敷包みを背負った。

和馬と由松は、旗本屋敷を出て向かい側の野沢屋敷の暗い路地に走った。そして、狭く暗い路地を裏門に急いだ。


裏門の前に小さな明かりが揺れた。

和馬と由松は忍び寄った。

小さな明かりは、渡り中間の源助の持つ提灯《ちょうちん》だった。

「御苦労だな」

和馬は源助を労った。

「へい。こちらです」

源助は、提灯の火を吹き消して裏門から屋敷に入った。

和馬と由松が続いた。


野沢屋敷は、二千石取りの旗本らしく千坪程の敷地があり、武家として公務を扱う表御殿と主の妻子が暮らす奥御殿で成り立っている。そして、御殿の周囲には家来たちの暮らす侍長屋や中間長屋、土蔵、厩、作事小屋などがあった。

和馬と由松は、源助に誘《いざな》われて奥御殿を囲む土塀に進んだ。

源助は、土塀の隅にある木戸を示した。

和馬は頷いた。

源助は、木戸を僅かに開けて奥御殿と奥庭の様子を窺った。

奥御殿と奥庭に人影は見えなかった。

「旦那……」

由松は緊張を漲らせた。

「よし。行くぞ……」

和馬は、由松を伴って奥御殿の縁の下に向かって走った。

源助は、木戸を閉めて足早に裏門番小屋に戻った。


奥御殿の縁の下は、微かに湿気を帯びて黴《かび》の臭いがした。

和馬と由松は、奥御殿の縁の下に潜んで人のすすり泣きを確かめようとした。

「さあて、じっくりやりますか……」

由松は、背負っていた風呂敷包みを下ろし、中から酒の入った二本の竹筒と握り飯などを取り出した。

「そろそろ、夜の張り込みもきつくなりますね」

由松は、竹筒の一本を和馬に渡した。

「ああ……」

和馬は、竹筒を受け取った。

「じゃあ、あっしは一廻りして来ます」

「頼む」

由松は、四つん這いになって縁の下の暗がりに入って行った。

和馬は見送り、竹筒の酒を一口飲んだ。

酒は冷えた身体をゆっくりと温めた。

和馬は吐息を洩らし、頭の上の奥御殿の様子に耳を澄ませた。

奥御殿には足音や物音もせず、監物を弔《とむら》う線香の匂いが微かに漂っているだけだった。


秋山久蔵は、野沢屋敷の表門を見上げた。

野沢屋敷の表門は、夜空に黒い影になって浮かんでいた。

幸吉が、手先を勤める船頭の勇次と共に駆け寄って来た。

「屋敷の周囲を一廻りしましたが、和馬の旦那と由松、何処にもいませんね」

幸吉は眉をひそめた。

雲海坊の経を読む声がした。

幸吉と勇次は辺りを見廻した。

向かい側の旗本屋敷の長屋門の窓の障子が開き、雲海坊が経を読みながら顔を見せた。

「雲海坊……」

久蔵は、幸吉や勇次と旗本屋敷の窓辺に寄った。

「和馬の旦那と由松、幽霊の正体を突き止めようと、野沢屋敷に潜り込んだようですぜ」

雲海坊は、窓から和馬の黒紋付羽織を見せた。

「そうか……」

久蔵は、ひっそりと建っている野沢屋敷を見つめた。

和馬と由松は、縁の下に潜んで時を過ごした。

縁の下には木枯しが吹き抜け、地面から冷たさが滲み出していた。

「それで、南側の棟には女の声や足音がしたのだな」

「はい。おそらく死んだ殿さまの奥方さまたちだと思います」

「北側の棟はどうだ」

野沢屋敷の奥御殿は、南側と北側の二棟に別れていた。

「そいつが、足音や人のいる気配はするんですが、話し声は聞こえないんですよ」

由松は、握り飯を食べながら竹筒の酒を飲んだ。

「じゃあ、幽霊が出るのは北側の方かもしれないな」

和馬は睨んだ。

「あっしもそう思います」

「よし。じゃあ、北側の縁の下に行こう」

「はい……」

和馬と由松は、奥御殿の北側の縁の下に移動した。


亥《い》の刻四つ（午後十時）が過ぎ、奥御殿は眠りに就いていた。

和馬と由松は、北側の棟の縁の下に忍んで幽霊のすすり泣きを待った。

「それにしても、幽霊って季節じゃあないな」

和馬は、寒そうに身を縮めて竹筒の酒をすすった。

「ええ……」

由松は苦笑した。

「由松……」

和馬は、眉をひそめて耳を澄ませた。

由松は、床板に耳を近づけた。

頭上からすすり泣きが微かに聞こえた。

「和馬の旦那……」

由松は緊張を過ぎらせた。

「うん。どうやら季節外れの幽霊が出たようだな」

「ええ……」

和馬と由松は、すすり泣きを辿《たど》って縁の下を進んだ。

すすり泣きは次第にはっきりして来た。

和馬と由松は、縁の下を進んだ。

「和馬の旦那……」

由松は、頭上の床板を見上げた。

すすり泣きは頭上から聞こえていた。

「ここですぜ……」

「ああ……」

和馬と由松は耳を澄ませた。

「女のすすり泣きですね」

「それも子供だな」

「じゃあ、秋山さまの睨み通りですか……」

「うん。おそらく菓子屋京屋の娘だ……」

「どうします」

由松は眉をひそめた。

「そうだな……」

和馬は、おきょうのすすり泣きの聞こえる部屋の床板を睨み付けた。

おきょうのすすり泣きは哀しげに続いた。

和馬は決めた。

「よし。助け出そう」

「そうこなくっちゃあ……」

由松は嬉しげに笑った。
「此処から土塀の木戸は……」
和馬は、縁の下から暗い奥庭の向こうの土塀を見透した。
「あの石燈籠《いしどうろう》の向こうですね」
由松は、石燈籠の奥の土塀を指差した。
「よし。行くぞ」
和馬は、縁の下を忍び出た。
由松が続いた。
奥御殿の北側の棟は雨戸が閉められていた。
和馬と由松は、濡縁に上がって雨戸の一枚を音もなく外した。
廊下の掛け行燈の明かりが、廊下を薄く照らしていた。
和馬と由松は、薄暗い廊下を窺った。
おきょうのすすり泣きが、納戸からはっきりと聞こえた。
由松は、廊下に上がって掛け行燈を取った。
和馬は、すすり泣きの聞こえる納戸に素早く踏み込んだ。
人の驚く気配がし、すすり泣きが途切れた。

由松は、掛け行燈の明かりを差し出した。

仄《ほの》かな明かりが、縛られ猿轡《さるぐつわ》を嚙まされた十歳程の大店の娘の姿を浮かべた。

娘は恐怖に眼を瞠り、小刻みに震えていた。

「京屋のおきょうだな」

和馬は尋ねた。

おきょうは頷いた。

「南町奉行所の者だ」

和馬は、おきょうの縄と猿轡を解いた。

「お役人さま……」

おきょうの泣き腫らした眼が、僅かに輝いた。

「歩けるか……」

「はい」

おきょうは、懸命に立ち上がった。

和馬と由松は、おきょうを連れて納戸を出ようとした。

近付いて来る足音が廊下にした。

「由松、俺が始末する。おきょうを連れて逃げろ」

「承知……」
由松は、緊張に喉を鳴らして頷き、掛け行燈の火を吹き消した。
足音は近付いて来た。
和馬は、燭台を握って身構えた。
足音は納戸の前に立ち止まった。
刹那、和馬は納戸の戸を開けて飛び出した。
若い家来は、驚いて立ち竦んだ。
次の瞬間、和馬は若い家来の頭に燭台を打ち込んだ。
若い家来は、短く呻いて意識を失い、前のめりに崩れた。
和馬は、若い家来を納戸に引き摺り込んだ。
由松は、おきょうを連れて奥庭に降り、土塀の木戸に向かって走った。
二人の家来が現れ、由松とおきょうを慌てて追った。
和馬は、燭台を振り翳して猛然と二人の家来に襲い掛かった。
二人の家来は驚き、叫ぼうとした。
「曲者《くせもの》……」
和馬は、叫ぶ家来を燭台で叩きのめし、もう一人の家来に迫った。

もう一人の家来は、刀を抜いて必死に応戦した。

由松は、おきょうを連れて奥庭の土塀の木戸を出た。

後は裏門から野沢屋敷を逃げ出す迄だ。

「さあ……」

由松は、おきょうを促した。だが、おきょうは、短い悲鳴をあげて蹲《うずくま》った。

「どうした……」

「あ、足が……」

由松は、おきょうの足の指から血が出ているのに気付いた。

奥庭から男たちの声が聞こえた。

家来たちが気付き、和馬に迫っているのだ。

「よし、背中に乗りな」

由松は、おきょうを背負った。

「しっかり摑まっているんだぜ」

「はい」

おきょうは頷いた。

由松は、おきょうを背負って裏門に走った。

おきょうは、由松の背中に必死にしがみついた。

裏門に人はいなかった。

由松は、裏門の閂《かんぬき》を外して扉を開け、路地に走り出た。

数人の男たちが、おきょうを背負った由松の前に現れた。

由松は、覚悟を決めて身構えた。

「御苦労だったな、由松。京屋のおきょうかい……」

男たちの中から久蔵が出て来た。

「秋山さま……」

由松は、全身から力が脱けるのを感じ、思わず崩れ落ちそうになった。

「しっかりしろ、由松」

男たちは、幸吉、雲海坊、勇次だった。

「みんな……」

幸吉と勇次が由松を助け、雲海坊がおきょうを由松の背中から下ろした。

「由松、和馬はどうした」

「はい。あっしたちを逃がす為……」

由松は、心配げな面持ちで野沢屋敷の奥庭を見つめた。

「よし。雲海坊、勇次、おきょうを京屋に連れて行け」

「はい。じゃあ……」

雲海坊と勇次は、おきょうを連れて路地の闇に立ち去った。

「由松、和馬の処に案内しろ」

「秋山さま……」

幸吉は困惑した。

旗本屋敷に町奉行所の支配は及ばず、捕らえる事も叶わない。

「その時はその時。見事に腹を切ってやるぜ」

久蔵は不敵に云い放った。

「分かりました。お供します。由松」

「はい……」

久蔵と幸吉は、由松の案内で裏門を潜って奥庭に急いだ。

和馬は、取り囲んだ家来たちに燭台を投げ付け、刀を抜いた。

「曲者、何者だ……」

家来たちは和馬に迫った。

「手前らが拐かした娘を助けに来ただけだぜ」

和馬は、頬を引き攣らせて笑った。

「おのれ……」

家来たちは、和馬に斬り付けた。

和馬は応戦した。だが、多勢に無勢だ。和馬は浅手を負い、肩で荒い息をした。

土塀の木戸が音を鳴らして開けられた。

和馬と家来たちは、思わず立ち竦んだ。

久蔵が、木戸から入って来た。

「秋山さま……」

和馬は、思わず吐息を洩らした。

幸吉と由松が、和馬に駆け寄った。

「おのれ、何者だ……」

家来たちは久蔵を取り囲んだ。

「南町奉行所吟味方与力秋山久蔵だ。野沢家用人どのに急ぎ逢いたい。もし、逢えぬと申すなら、野沢監物どのの急死の真相、天下に公表すると伝えい」

久蔵は、厳しく命じた。

家来たちは激しく動揺した。

「狼狽えるな、皆の者……」

若い武士が、家来たちを制して現れた。

「秋山久蔵どのか……」

若い武士は、久蔵を見つめた。

「おぬしは……」

「野沢真次郎……」

毒を盛られて死んだ監物に代わり、野沢家の家督相続願いを公儀に出している部屋住みの弟だった。

「ほう。おぬしが真次郎どのか……」

久蔵は冷笑を浮かべた。

「此処は直参旗本の屋敷、町奉行所の支配は及ばぬ……」

「云われる迄もねえ。だが、拐かされた菓子屋の娘を無事に助け出すのは、俺たち町奉行所の役目だ」

久蔵は笑顔で応じた。

真次郎は言葉を飲んだ。

「もし、どうしても許せぬと申すなら、俺たちも野沢家が何故、菓子屋の娘を拐かしたか、天下に明らかにする迄……」

久蔵は、真次郎を厳しく見据えて告げた。

真次郎と家来たちはたじろいだ。

「何を知っている……」

真次郎に恐怖が過ぎった。

「娘を無事に返して欲しければ、白玉最中に鳥兜を仕込めと命じたのをな……」

久蔵は冷たく告げた。

真次郎は微かに震えた。

「そして、死んだ監物どのは白玉最中が大好物だった」

久蔵は嘲りを滲ませた。

真次郎は、久蔵が監物の死の真相を突き止めているのを知った。

「真次郎どの、傍若無人な監物どのに翻弄される野沢家とおぬしたちの苦衷《くちゆう》、分からぬでもない」

「秋山どの……」

真次郎は戸惑った。

「監物どのの死は、我ら町奉行所支配外の旗本屋敷での出来事。強《し》いて事を構えようとは思わぬ」

久蔵は嘲笑を浮かべた。

「ま、まことか……」

真次郎は、微かな安堵を滲ませた。

「ああ。だが、京屋のおきょうを拐かして毒菓子を作らせ、監物を殺した後もおきょうを監禁して四郎兵衛の口を封じたのは許せねえ。罪は必ず償って貰う。そいつは覚悟しておくんだな」

「承知致した……」

真次郎は、久蔵を見つめて哀しげに頷いた。

久蔵は、真次郎に主でもある兄殺しと拐かしの罪を背負った男の悲痛な覚悟を見た。

潮時だ……。

久蔵は、和馬たちに目配せした。

幸吉と由松は、和馬を助けて土塀の木戸に急いだ。

久蔵は殿《しんがり》を取り、家来たちを見据えて木戸に向かった。

「おのれ……」

家来たちは、追い掛けようとした。

「待て……」

真次郎は止めた。

「真次郎さま……」

「これ以上の醜態、野沢家の命取りだ」

真次郎は、去って行く久蔵に深々と頭を下げた。


久蔵は、和馬、幸吉、由松を従えて野沢屋敷を出た。

「御造作をお掛けして申し訳ありません」

和馬は、久蔵に頭を下げた。

「御苦労だったな、和馬」

久蔵は苦笑した。

野沢家の家来たちが、追って来る気配はなかった。

「馬鹿な殿さまを持った一族や家来は憐れなものだな」

監物の悪行が公儀の知る処となれば、旗本野沢家は取り潰しとなり、一族と家来たちは浪人となって離散する。

おそらく真次郎は、野沢家と家来たちを守る為に兄である監物に毒を盛ったのだ。それが、野沢一族と家来たちの総意だったのかもしれない。だが、菓子屋『京屋』の娘おきょうを拐かした罪は許せるものではない。

「どうします」

和馬は眉をひそめた。

「野沢真次郎、自分なりに罪を償い、責めを取る筈だ。そいつを見届ける」

久蔵は、厳しい面持ちで告げた。

月は青白く輝き、木枯しが甲高い音を鳴らして吹き抜けた。


公儀は、旗本野沢家の家督を真次郎が継ぐのを許した。

旗本野沢家は取り潰しを免れた。

真次郎は、当主になると同時に嫁いでいる姉の子を貰い受けて嫡子となし、公儀に届け出た。

野沢真次郎は、おきょう拐かしの罪を償う為に腹を切る仕度をしている……。

久蔵の勘が囁いた。

旗本野沢家は、当主と跡継ぎが決まって漸く平静を取り戻した。

一月後、久蔵は真次郎から書状を貰った。

書状には、菓子屋『京屋』に謝罪した事と久蔵への感謝の言葉が書き記されていた。

真次郎が腹を切る時は近い……。

久蔵は睨んだ。

「秋山さま……」

和馬が駆け込んで来た。

「どうした」

「はい。旗本の野沢真次郎、遠乗りに出掛け、落馬して急死したと……」

野沢真次郎は死んだ。

久蔵は、真次郎の死が主殺《しゅうごろ》しとおきょう拐かしの罪を償い、責めを取っての切腹だと知っていた。

久蔵は濡縁に立ち、晩秋の空を眩しげに見上げた。

晩秋の空は高く、赤とんぼが軽やかに飛び交っていた。

第三話

付け火

一

霜月《しもつき》――十一月。

十五日の七五三は、女子七歳の帯解《おびとき》、男子五歳の袴着《はかまぎ》、男女三歳の髪置《かみおき》を氏神さまに参拝して祝う、元は武家の行事だった。

二の酉《とり》も過ぎ、寒さは一段と厳しくなった。

火は音を立てて燃え上がった。

浜町河岸元浜町の片隅にある稲荷堂は、一瞬にして炎に包まれた。

「火事だ。火事だあ……」

通り掛かった湯屋帰りの男が叫んだ。

稲荷堂は燃え盛った。

湯屋帰りの男の声に近所の人々が飛び出して来た。近所の人々は、類焼を恐れて燃え盛る稲荷堂の火を消し始めた。

半鐘の音が、凍て付く夜空に甲高く鳴り響いた。

江戸は時々大火災に見舞われた。

公儀は火事を恐れ、延焼を防ぐ為に各所に火除地《ひよけち》を設け、火消し組織の整備をしていた。そして、放火犯に対する刑罰は、火罪、火焙《ひあぶ》りの刑とされる程に重かった。

元浜町の稲荷堂の火事は、早期に発見されて延焼せずに済んだ。

火事の原因は付け火だった。

月番の南町奉行所は緊張に包まれた。

吟味方与力の秋山久蔵は、南町奉行の荒尾《あらお》但馬守《たじまのかみ》に役宅に呼ばれた。

町奉行の役宅は町奉行所と棟続きにあり、家族と共に暮らしていた。

久蔵は、長い廊下を通って町奉行の役宅に向かった。

南町奉行の荒尾但馬守は、固い面持ちで久蔵に対した。

「お呼びですか……」

久蔵は、但馬守が自分を呼んだ理由を読んでいた。

「うむ。秋山、昨夜の元浜町の稲荷堂の火事、付け火だったそうだな」

呼んだ理由は、久蔵の読みの通りだった。

「はい。油を撒いて火を付けた痕があり、付け火と見定めました」

「やはり、盗賊東雲《しののめ》の鉄五郎《てつごろう》の手下の仕業か」

「おそらく……」

「おのれ……」

但馬守は眉を険しく寄せた。

「付け火はこれで二件目。今の処、大火事に至らず、死人も出ていないが、いつ大事になるか分からぬ。如何《いかが》致す……」

「付け火をする鉄五郎配下の盗賊を捕らえる迄にございます」

久蔵は静かに応じた。

「出来るのか……」

「出来るか出来ないかより、やるしかありますまい」

「そのような曖昧な。秋山、万一、付け火が続き、大火になったならどうする」

「ならば御奉行には、捕らえた東雲の鉄五郎を云われた通り、放免致せと仰せですか」

久蔵は、但馬守を見据えて尋ねた。

「そ、それは……」

但馬守は言い淀んだ。

過日、久蔵は極悪非道の盗賊東雲の鉄五郎と主立った配下の者たちを捕らえた。

だが、捕縛を逃れた鉄五郎一味の者が、鉄五郎を放免しなければ江戸の町に火を放つと脅して来たのだ。そして、三日前に下谷の空き家、昨夜は元浜町の稲荷堂に付け火がされた。

脅しは本当だった。

南町奉行の荒尾但馬守は、付け火が大火になった時の責めを恐れて震え上がった。

「盗賊の脅しに震え上がり、頭の鉄五郎を放免したとなれば、お上の御威光は地に落ち、天下の笑い者になるのは必定《ひつじょう》。それでも宜しいのですかな」

久蔵は、小さな笑みを浮かべた。

「良い訳はない……」

但馬守は、擦れた声を震わせた。

「ならば拙者、付け火をした者の割り出しとその行方を追いますので。御免」

久蔵は、但馬守に一礼して役宅の座敷を後にした。

但馬守は、苦々しい面持ちで久蔵を見送った。


用部屋に戻った久蔵は、臨時廻り同心の蛭子市兵衛を呼んだ。

「お呼びですか……」

市兵衛はすぐにやって来た。

「うむ。鉄五郎の手下たちに転びそうな者はいたか……」

「はい。いるにはいるのですが、付け火をしている者を教えたら本当に放免してくれるのかと……」

「信用出来るのか、その野郎……」

「狡猾な奴でしてね。まあ、それだけ鉄五郎や仲間に恩もなければ義理もなく、平気で裏切るって処ですか……」

市兵衛は苦笑した。

「人柄は信用出来ねえが、話は信用出来るって訳か……」

久蔵は笑った。

「おそらく……」

「よし。駆引きと放免するかしないかは市兵衛の好きにしな」

「はい……」

「とにかく、付け火をしている奴の名と居場所だ。御奉行も焦っている。急いで頼むぜ」

久蔵は命じた。

「御奉行が……」

「ああ。御身大切、お偉いさんの中でも指折りの立身出世の権化《ごんげ》。付け火が大火になるのを恐れるより、責めを取らされるのを恐れているぜ」

「じゃあ、御奉行は……」

「付け火をしている奴の脅しに屈し、東雲の鉄五郎を放免すると言い出すかもな……」

「そんな馬鹿な……」

市兵衛は眉をひそめた。

「市兵衛、御奉行がどう云おうが、俺たちは極悪非道の鉄五郎を獄門台に送り、付け火をする野郎を捕らえて火焙りにする迄よ」

久蔵は、不敵な笑みを浮かべた。

定町廻り同心の神崎和馬は、岡っ引の柳橋の弥平次と盗賊・東雲の鉄五郎の身辺を洗い、助けようとしている者の割り出しを急いだ。

柳橋の弥平次は、下っ引の幸吉と托鉢坊主の雲海坊、しゃぼん玉売りの由松、船頭の勇次たち手先に鉄五郎が潜んでいた深川弥勒寺《みろくじ》前の茶店を詳しく調べさせた。そして、鋳《い》掛屋《かけや》の寅吉《とらきち》と蕎麦屋の長八《ちょうはち》が、久々に聞き込みに加わった。

幸吉たちの聞き込みの結果、鉄五郎の隠れ家の茶店には、一緒に捕らえた手下たちの他に蓑助《みのすけ》と云う若い男がいるのが割れた。

蓑助……。

弥平次は、幸吉たちに蓑助の素性と行方を追わせた。そして、寅吉と長八に茶店を訪れる者を見張らせた。

昼間、寅吉は茶店の傍の弥勒寺橋の袂で鋳掛屋を開いた。そして夜、長八は同じ場所に夜鳴蕎麦屋の屋台を置いた。

寅吉と長八は、久々の張り込みを密かに楽しんでいた。

南町奉行所は、江戸の町の自身番に差し紙を廻し、町内に不審な者が出入りしていないか検《あらた》めさせた。そして、木戸番に夜廻りを厳しくするように命じた。

和馬は、自身番や木戸番を廻り、付け火をされる恐れのある場所の警戒を命じた。


大番屋の詮議所は冷気に満ちていた。

蝙蝠《こうもり》の利吉《りきち》は、土間に敷いた筵に引き据えられて寒さに震えていた。

「どうだ利吉、腹は決まったかな」

市兵衛は、座敷の上がり框《がまち》に腰掛けた。

「旦那、こっそり放免してくれるってのは、本当でしょうね」

「ああ。盗賊蝙蝠の利吉は、打ち首で死んだ事になるがな」

「そいつは願ったり叶ったり。あっしも頭や仲間を売って生き延びたと同業の者に知れれば、薄汚ねえ裏切り野郎と蔑まれ、無事には済みませんからね」

利吉は、狡猾な笑みを浮かべた。

「だろうな。で、付け火をしているのは、誰なんだい」

「旦那、放免されて盗人から足を洗うとなれば、ちょいとした軍資金が入り用になります。その辺はどうなりますかね」

利吉は、薄笑いを浮かべて市兵衛を窺った。

人を嘗《な》めた眼だった。

「利吉、付け火をしているのは、蓑助だね」

市兵衛は、不意に斬り込んだ。

利吉の顔色が一変した。

「どうやら図星のようだな」

市兵衛は苦笑した。

「だ、旦那……」

利吉は凍て付いた。

「利吉、お前が勿体ぶって云わねえから、うちの若い者たちが駆けずり廻って漸く突き止めたよ。いや、短い付き合いだったが、造作を掛けたな」

市兵衛は、笑みを浮かべて座を立った。

「旦那……」

利吉は、勿体ぶったのが裏目に出たのに気付き、激しく震え出した。

「なんだい……」

「蓑助の野郎、きっと姉さんの処に隠れている筈です」

利吉は、喉を震わせ声を嗄《から》した。

「姉さん……」

市兵衛は眉をひそめた。

「へい……」

利吉は、必死に市兵衛の気を引こうとした。

「その姉さん、名前は……」

「確かおまちとか……」

利吉に勿体ぶる余裕はなかった。

「おまちね。で、何処にいるんだい」

「花川戸《はなかわど》の大舟《おおふな》って料理屋で仲居をしていると聞きましたぜ」

「花川戸の料理屋大舟の仲居のおまちか……」

市兵衛は念を押した。

「へい」

利吉は、必死の面持ちで頷いた。

「分ったよ」

市兵衛は笑った。

「じゃあ、あっしは……」

利吉は、微かな望みに眼を輝かせた。

「利吉、欲を掻いて下手を踏んだね」

市兵衛は冷たく云い放った。

「だ、旦那……」

利吉は恐怖に震えた。

「利吉、考え直して欲しけりゃあ、蓑助の似顔絵を作るんだな」

「蓑助の似顔絵……」

「ああ、そいつが嫌なら覚悟を決めてお裁きを待つんだよ」

「作ります。蓑助の似顔絵、作らせて下さい」

利吉は頼んだ。

市兵衛は、小者に絵師を呼ぶように命じた。

似顔絵に描かれた蓑助は、険しい眼をした若い男だった。

「こいつが蓑助か……」

久蔵は、蓑助の似顔絵を見つめた。

「ええ……」

「よし。似顔絵は俺が手配するぜ」

「じゃあ、私は柳橋と姉のおまちの処に行ってみます」

「ああ、そうしてくれ」

久蔵と市兵衛は探索を急いだ。


隅田川は、深緑色の大きなうねりとなって流れていた。

浅草花川戸は、金龍山浅草寺《せんそうじ》と隅田川の間に位置した町だった。

料理屋『大舟』は、隅田川に架かる吾妻橋《あづまばし》近くにあった。

蛭子市兵衛は、柳橋の弥平次と料理屋『大舟』に探りを入れ、おまちと云う仲居がいるのを確かめた。

市兵衛と弥平次は、吾妻橋の袂の茶店から料理屋『大舟』を見張った。

「おまちの処に弟の蓑助は来ていたかい……」

市兵衛は茶をすすった。

「時々、来ていたそうです」

「蓑助、どんな奴かな」

「二十歳を過ぎたぐらいの奴だそうでしてね。幼い頃に両親を揃って亡くし、姉のおまちといろいろ苦労して来たそうですよ」

弥平次は眉をひそめた。

「そして、盗賊の東雲の鉄五郎の一味になったたか……」

「ええ……」

市兵衛と弥平次は、おまちと蓑助姉弟の境遇に想いを馳せた。

料理屋『大舟』から、帰る客と見送りの仲居が出て来た。

「じゃあおまち、明日の夜な……」

商家の旦那風の客は、仲居の手を握って告げた。

仲居はおまちだった。

「ええ。お待ちしています」

おまちは、甘えた声で科《しな》を作った。

「じゃあな……」

商家の旦那風の男は、軽やかな足取りで浅草広小路に立ち去った。

おまちは笑顔を消し、疲れた面持ちで『大舟』に戻って行った。

「おまちですね……」

「ああ。で、柳橋の、おまちの家は何処だ」

市兵衛は、おまちの家に行ってみる事にした。


八丁堀岡崎町の秋山屋敷の表門は開け放たれていた。

蓑助は、表門の外から屋敷を窺った。

赤ん坊の泣き声が、屋敷から微かに聞こえた。

赤ん坊……。

蓑助は、秋山久蔵に赤ん坊がいるのを知った。

秋山久蔵は、お頭の鉄五郎と仲間を捕らえた怨んでも飽き足らない奴……。

蓑助は、久蔵に怨みを晴らしたかった。

「何か用かい……」

蓑助は、背後からの声に振り返った。

与平が眉をひそめていた。

「いえ。ちょいと……」

蓑助は、その場から立ち去ろうとした。

「待ちな……」

与平は、蓑助の肩に手を伸ばした。

蓑助は、与平の手を払った。

与平は、思わず身体の均衡を崩して倒れた。

「お前……」

与平は焦った。

「与平さん……」

船宿『笹舟』の船頭見習いの太市が、風呂敷包みを抱えて駆け寄って来た。

蓑助は逃げた。

「大丈夫ですか……」

「ああ。太市、あいつの行き先を突き止めろ」

「は、はい。じゃあこれを……」

太市は、戸惑いながらも与平に風呂敷包みを預け、蓑助を追った。

与平は、己の歳を思い知らされた。

二

隅田川沿い浅草今戸町《いまどちよう》は、素焼きの瓦《かわら》や土器が焼かれ、窯の煙が立ち上っていた。

窯場の裏の長屋は、初冬の低い雲と今戸焼きの煙に覆われて薄暗かった。蓑助の姉のおまちの家は、その長屋の奥にあった。

市兵衛と弥平次は、それとなく周囲に聞き込み、おまちの家に蓑助が出入りしているのを知った。

「柳橋の、こうなると此処も見張った方がいいな」

市兵衛は告げた。

「ええ。今戸町の木戸番に使いを頼みました。もうじき誰か来るでしょう」

弥平次に抜かりはなかった。


一膳飯屋の擦り切れた暖簾は、微風に揺れていた。

幸吉は、下谷三《み》ノ輪町《わちよう》永久寺の門前から一膳飯屋を見張っていた。

一膳飯屋から由松が現れ、幸吉に駆け寄って来た。

「どうだった……」

「裏の納屋にいるそうですぜ、仙三《せんぞう》」

「一人か……」

「ええ。明け方、一人で帰って来たとか……」

「よし。締め上げてやるか……」

幸吉は笑った。

仙三は博奕打ちであり、蓑助と親しい間柄の男だった。

蓑助の行方を知っているかもしれない……。

幸吉と由松は、蓑助の身辺に浮かんだ博奕打ちの仙三に辿り着いた。

一膳飯屋の裏にある納屋は、人が住めるように改造して家作にしていた。

博奕打ちの仙三は、夜を徹して博奕を打って納屋に帰って来ていた。


幸吉と由松は、一膳飯屋の裏庭に廻って納屋の様子を窺った。

納屋から男の鼾《いびき》が聞こえた。

「白川夜船ですぜ」

由松は嘲笑を浮かべた。

「行くぞ」

幸吉は、板戸を押し開けた。

板戸は軋み、音を立てた。

仙三は眼を覚まし、跳ね起きた。

一瞬早く、由松と幸吉が納屋に飛び込んで仙三を押さえた。

「静かにしろ」

幸吉は、仙三の首を十手で押さえ付けた。

仙三は、眼を瞠って抗った。

「煩せえんだよ」

由松は、仙三の頰を張り飛ばした。

「わ、分かった……」

仙三は、擦れた声で苦しげに云い、抗うのを止めた。

幸吉は、仙三の首から十手を退けた。

仙三は、大きく息をついて咳き込んだ。

「仙三、蓑助は何処にいる」

幸吉は訊いた。

「蓑助……」

仙三は、咳き込みながら眉をひそめた。

「ああ。お前と昵懇の仲の盗人の蓑助だ。何処にいる」

「し、知らねえ……」

「惚《とぼ》けるんじゃあねえ、仙三。博奕打ちのお前だ。叩けば埃がいろいろ舞い上がる筈だぜ」

由松は凄んだ。

「それとも、出入りしている寺の賭場を寺社方に報せ、胴元たちをお縄にして、お前の密告だと触れ廻った方がいいかな」

幸吉は嘲笑った。

「そんな真似をされちゃあ、命が幾つあっても足りゃあしねえ。勘弁してくれ親分」

「だったら、蓑助が何処にいるか、素直に吐くんだな」

「はっきり分からねえが、蓑助、鉄五郎のお頭がお縄になった後、姐《あね》さんの処に行くとか云っていたぜ」

「姐さんだと……」

幸吉は眉をひそめた。

「ああ。鉄五郎お頭の妾《めかけ》だ……」

「兄貴……」

由松は、鉄五郎の妾と云う新たな事実に緊張した。

「ああ。その妾の名前と住まいは……」

「名前はおしま、本所《ほんじょ》にいるって聞いた」

「本所の何処だ」

「さあ、そこまでは知らねえよ」

「嘘はねえな」

幸吉は、仙三を睨み付けた。

「ああ……」

仙三は、口惜しさを滲ませた。

「兄貴……」

由松は、仙三の話に嘘はないと睨んだ。

蓑助は、東雲の鉄五郎と手下が捕らえられた後、本所のおしまの許に行ったのだ。

「ああ。本所のおしまだ……」

「ええ……」

「仙三、本所のおしまが偽《がせ》だったり、下手な真似をしたら、手前を密告屋に仕立てあげるからな」

幸吉は、厳しく釘を刺した。

仙三は、恐怖に衝き上げられて身震いした。

幸吉は冷たく笑った。


両国橋は大川を吹き抜けた冷たい川風に晒《さら》され、行き交う人々は身を縮めて先を急いでいた。

蓑助は、手拭で頬被りをし、俯き加減で本所に向かっていた。

太市は尾行た。

蓑助は、時々立ち止まったり振り返ったりして背後を警戒した。

太市は、気付かれるのを恐れて充分に距離を取り、懸命に追った。

風の冷たさにも拘わらず、太市の額には汗が滲んだ。

蓑助は、両国橋を渡って本所元町に入り、竪川《たてかわ》沿いの道に進んだ。

本所竪川には荷船が行き交っていた。

蓑助は、竪川に架かる一つ目之橋の袂の小料理屋に入った。

見届けた……。

太市は、全身から溜息を洩らした。

小料理屋は開店前であり、暖簾を仕舞ったままだった。

酒を飲み、料理を食べに入った訳じゃあない……。

蓑助の行き先は突き止めた。

太市は見定め、八丁堀岡崎町に戻った。

僅かな時が過ぎ、小料理屋から蓑助と年増の女将が出て来た。

蓑助は、油断なく辺りを見廻した。

不審な者はいなかった。

「じゃあ女将さん、あっしはこれで……」

「ああ。おしまさんに宜しく伝えておくれ」

「へい。御免なすって……」

蓑助は、一つ目之橋を渡って立ち去った。

浅草今戸町のおまちの住む長屋には、雲海坊と勇次が見張りに付いて蓑助が訪れるのを待った。

幸吉と由松は、東雲の鉄五郎の妾のおしまを捜して本所を歩き廻った。

寅吉と長八は、弥勒寺橋の袂の茶店を交代で見張り続けた。

蛭子市兵衛、神崎和馬、柳橋の弥平次たちは、自身番の者や木戸番、そして火消したちと蓑助の付け火を厳しく警戒した。

陽は暮六つ前に沈み、夜の闇が容赦なく訪れた。


提灯の火は瞬いた。

与平は提灯を手にし、表門の前で太市の帰りを待っていた。

「与平さん……」

太市の笑顔が、夜の闇から現れた。

「おう。戻ったか……」

与平は声を弾ませた。

太市は、尾行の顚末を話した。

本所竪川一つ目之橋の袂の小料理屋……。

「あいつ、そこに入ったんだな」

与平は念を押した。

「はい。確かに見届けました」

太市は頷いた。

「そうか。御苦労だったね」

与平は、太市を労った。

「いいえ。それより与平さん、あいつ悪い奴なんですか」

太市は眉をひそめた。

「そりゃあそうだ。御屋敷を覗いて、儂が咎《とが》めたら逃げやがった。ひょっとしたら、うちの旦那さまに仇《あだ》なす悪党かもしれねえ」

与平は、己の言葉に頷いた。

「秋山さまに仇なす悪党……」

太市は、恐ろしげに眉をひそめた。

「ああ。旦那さまがお帰りになったら、すぐにお報せするぜ」

「はい……」

「それにしても太市、人を尾行たのは初めてなのか」

「は、はい……」

「そうか。本当に良くやったな」

与平は太市を誉めた。

「いえ。偶々《たまたま》、上手《うま》く行っただけです」

太市は、十七歳の若者らしく照れた。


和馬は、日本橋一帯の自身番や木戸番を廻り、付け火を警戒した。

夜の冷え込みは次第に厳しくなった。

和馬は、室町二丁目の木戸番と夜廻りをして番屋に戻った。

「やあ。御苦労だな」

久蔵が、木戸番屋で茶をすすっていた。

「こりゃあ秋山さま……」

「今の処、異変はないようだな」

久蔵は、夜の闇を眺めた。

「はい。ですが、広い江戸の町、何処に火の手があがるのか……」

和馬は、苛立ちを過ぎらせた。

「下谷、浜町河岸、次ぎは日本橋辺りか……」

蓑助は、一度付け火をした処以外の町を狙う筈だ。

久蔵の勘は囁いた。

半鐘の音が遠くから響いた。

久蔵と和馬は、木戸番を出て夜空を見廻した。

夜空に火の手は見えなかった。

「火事が何処か分かるか」

和馬は、火の見櫓《やぐら》にあがった木戸番に怒鳴った。

「どうやら小網町のようです」

木戸番は叫んだ。

小網町は日本橋川沿いにあり、日本橋の内だった。

久蔵の勘は当たった。

「和馬……」

久蔵は、小網町に向かって走り出した。

和馬は続いた。

半鐘の音は鳴り続いた。

久蔵と和馬は、日本橋川沿いの道を走った。

日本橋の魚河岸を抜け、西堀留川《にしほりどめがわ》に架かる荒布橋《あらめばし》を渡った。そこは小網町一丁目であり、半鐘の音は近付いた。しかし、火の手は見えなかった。

「火事は何処だ」

和馬は、小網町一丁目の自身番の前で恐ろしげに囁き合っている町役人に尋ねた。

「へい。鎧之渡の船着場です」

自身番の店番が応じた。

日本橋川の鎧之渡は、小網町二丁目にある。

久蔵と和馬は走った。

半鐘の音は一段と激しくなった。

鎧之渡の茶店は燃え盛っていた。

近所の者や火消しの一番組の者たちが駆け付け、懸命の消火をしていた。

「秋山さま、神崎の旦那……」

小網町二丁目の自身番の者たちと木戸番が、久蔵と和馬に駆け寄った。

「付け火か……」

「はい。駆け付けた時、油の匂いがしましたので、きっと……」

自身番の番人が恐ろしげに告げた。

「怪しい奴を見た者はいるか……」

和馬は尋ねた。

「いいえ……」

自身番の者たちと木戸番は、口惜しげに首を横に振った。

「町木戸は閉めたな」

「へい。火事だと聞いてすぐに……」

木戸番は応じた。

「よし。秋山さま、町を見廻って来ます」

「うむ……」

久蔵は頷いた。

和馬は、木戸番を従えて小網町二丁目の町に走った。

蓑助は、日本橋川を舟で来て茶店に火を放ち、再び舟で逃げたのかもしれない……。

久蔵は、蓑助の動きを読んだ。

茶店は燃え落ち、火事は漸く消えた。

幸いな事に夜の茶店は無人となり、火事に巻き込まれて死ぬ者や怪我人はいなかった。

下谷の空き家、元浜町の稲荷堂、小網町の茶店、付け火をされた三ヶ所に人は住んでいなかった。

もし、蓑助がそれと知って付け火をしているのなら、人を殺《あや》める気はない……。

久蔵は睨んだ。

しかし、どんな火事でも風によっては大火になる。

いずれにしろ、三度目の付け火は行われた。

「やってくれるじゃあねえか、蓑助……」

久蔵は苦笑した。

火消したちは、燃え落ちた茶店に日本橋川の水を掛け始めた。

焦げ臭さと白い煙が漂った。

南町奉行の荒尾但馬守は、怒りを滲ませて上座に腰を下ろした。

久蔵は頭を下げた。

「秋山、三度目も風のない夜で幸いだったな」

但馬守は、怒りを皮肉に隠した。

「まこと……」

久蔵は平然と答えた。

「最早これ迄。東雲の鉄五郎を密かに放免するしかあるまい」

「お奉行、そのような真似をすれば、これからも同様の手口で捕らえた者を解き放せと脅して来る者が現れるのは必定。それで宜しいのですか……」

久蔵は、但馬守を冷たく見据えた。

「ならば、早々に付け火をする鉄五郎の配下をお縄に致せ。いや、容赦は要らぬ。斬り棄てい」

但馬守は、久蔵の冷たい視線を跳ね返そうと声を荒げた。

「仰られるまでもなく」

「秋山、日を切る……」

但馬守は、必死に立ち直ろうとした。

「日を切る……」

久蔵は眉をひそめた。

「左様。今日と明日一日だ」

「今日と明日一日……」

「如何《いか》にも、明日一杯の探索を許す。しかし、それ迄に付け火をする鉄五郎の配下を始末出来ぬ時は、東雲の鉄五郎の一件から手を引いて責めを取れ。良いな、確《しか》と申し付けたぞ」

但馬守は云い棄て、乱暴に座を立った。

久蔵は、頭を下げて見送った。

但馬守は日を切った。

猶予は今日と明日一日……。

久蔵は、微かな焦りを覚えた。

手焙りで真っ赤に熾《お》きていた炭が爆《は》ぜ、火花が飛び散った。


久蔵は用部屋に戻った。

与平が庭先で待っていた。

「おう。与平じゃあねえか……」

「おはようございます。旦那さま……」

与平は、風呂敷包みを抱えて久蔵のいる濡縁に近寄った。

「奥さまの言い付けで、着替えを持って参りました」

与平は、持参した風呂敷包みを差し出した。

久蔵は、昨夜から八丁堀岡崎町の組屋敷に戻ってはいなかった。

「そいつはわざわざ済まねえな」

久蔵は濡縁に腰を下ろし、与平の差し出した風呂敷包みを受け取った。

「で、屋敷に変わった事はねえか」

「はい。奥さまにお変わりなく、大助さまもお健やかに……」

与平は、顔を皺だらけにして笑った。

「そうか……」

久蔵は微笑んだ。

「それから旦那さま。昨日、怪しい若僧が御屋敷を覗き込んでおりましてね。手前が咎めると逃げ出したのでございます」

「何だと……」

「それで、丁度、使いでやって来た笹舟の太市に後を追わせまして……」

「太市にか……」

久蔵は眉をひそめた。

「はい。そして太市は、怪しい若僧が本所一つ目之橋の袂の小料理屋に入るのを見届けたのでございます」

「太市は何事もなく、無事に戻ったのだな」

久蔵は、安堵の色を滲ませた。

「はい。太市は賢い子ですので……」

「それにしても与平。太市は笹舟の奉公人だ。万が一怪我でもしたら大変だ。二度とそんな真似はするんじゃあねえ」

「ああ。そいつは年甲斐のない真似をしちまった。お許し下さい……」

与平は詫びた。

「で、与平、屋敷を覗いていた怪しい若僧ってのはどんな奴だ」

「どんな奴と申されましても……」

与平は首を捻った。

「与平、まさかこいつじゃあるめえな」

久蔵は、蓑助の似顔絵を見せた。

与平は、眼を細めて似顔絵を覗き込んだ。

「旦那さま、こいつです。こいつが御屋敷を覗いていた怪しい若僧です」

与平は、声を上擦らせた。

「何《な》に……」

久蔵は驚いた。

「こいつが御屋敷を覗いていたんです」

「与平。もう一度、良く見ろ。間違いねえな」

「はい。何度見ても間違いありません」

与平は、蓑助の似顔絵を睨み付けて頷いた。

頭の鉄五郎を助けようと付け火をしている蓑助が、屋敷を密かに窺っていた……。

久蔵は、蓑助の行動に潜むものを推し測った。そして、想定される事が幾つか浮かんだ。

いずれにしろ蓑助だ……。

久蔵は、太市が突き止めた本所竪川一つ目之橋の袂の小料理屋に行く事にした。

「与平、お前は屋敷に戻り、屋敷の周りを見廻り、付け火を警戒するんだ」

「付け火にございますか……」

与平は、白髪眉をひそめた。

「ああ。じゃあ急いで屋敷に戻ってくれ」

「承知しました」

与平は、皺だらけの顔に緊張感と使命感を滲ませ、一礼して庭から出て行った。

蓑助の企てを叩き潰すには、一刻も早く蓑助を始末するしかないのだ。

久蔵は、出掛ける仕度を始めた。

三

浅草今戸町の長屋は薄暗く、井戸端でお喋りに花を咲かすおかみさんたちもいなかった。

雲海坊と勇次は、長屋とおまちの奉公する花川戸の料理屋『大舟』を交代で見張った。だが、どちらにも蓑助は現れなかった。

雲海坊と勇次は、辛抱強く見張りを続けた。

本所は武家地が多く、町家は竪川沿い、横川沿い、そして吾妻橋を渡った辺りにしかなかった。

幸吉と由松は、東雲の鉄五郎の妾おしまを捜し、手分けをして本所の自身番や木戸番を尋ね歩いた。だが、おしまは容易に浮かばなかった。


本所竪川一つ目之橋の袂の小料理屋はすぐに分かった。

着流し姿の久蔵は、塗笠を僅かにあげて小料理屋を眺めた。

『千鳥《ちどり》』と云う屋号の小料理屋は、店の表の掃除もまだだった。

久蔵は、小料理屋に来る前に自身番に寄り、『千鳥』について聞き込みをした。

小料理屋『千鳥』は、梅吉《うめきち》とおこんと云う名の中年夫婦によって営まれていた。

夫婦には子もいなく、おしまらしき女や蓑助らしき若い男も一緒に暮らしていなかった。

だが、蓑助が立ち寄った限り、何らかの拘わりはある……。

久蔵は、『千鳥』の開店を待って探りを入れてみる事にした。

竪川に荷船の櫓の軋みが甲高く響いた。

久蔵は、竪川に架かる一つ目之橋を渡って対岸に向かった。

鞴《ふいご》からの風は、火を燃え上がらせた。

寅吉は、白鑞《しろめ》を溶かして鍋底の穴を塞ぎ、木槌で叩いて均《なら》した。

「鋳掛屋さん、この鉄瓶の底、漏るのですが、直してくれますか……」

寅吉は、若女房の持って来た鉄瓶を陽差しに翳し、底の穴を調べた。

「いいとも。日暮れ迄に直しておくよ」

「ありがとう。じゃあ、お願いします」

若女房は、軽い足取りで立ち去った。

寅吉は、五間堀に架かる弥勒寺橋の袂に鋳掛屋の店を開き、東雲の鉄五郎の隠れ家だった茶店を見張っていた。

大戸を釘付けにされた茶店に来る者は、鉄五郎と深い拘わりのある盗人に違いない。

寅吉と長八は、交代で茶店の見張りを続けていた。

茶店に蓑助や不審な者は訪れなかった。

寅吉は、若女房の持って来た鉄瓶の水漏れを直していた。

「精が出るな……」

寅吉は、聞き覚えのある声に顔を上げた。

塗笠を被った久蔵がいた。

「こりゃあ、秋山さま……」

「久し振りだな。寅吉……」

本所一つ目之橋と弥勒寺前の茶店は近い。

久蔵は、茶店と見張っている寅吉の顔を見に来た。

「はい。御無沙汰しております」

寅吉は、鉄瓶の水漏れを直す手を止めずに話を続けた。

「そいつはこっちもだ。達者で何より、偶には八丁堀にも顔を見せてくれ。与平も喜ぶ」

「ありがとうございます」

「変わった事はねえようだな」

久蔵は茶店を示した。

「はい……」

寅吉は、久蔵と話をしながら鉄瓶の底を直し終えた。

老婆が、二人の傍を抜けて弥勒寺橋を渡り、大戸を釘付けされた茶店の前に佇んだ。

「秋山さま……」
「ああ……」
久蔵は、目深に被った塗笠越しに老婆の様子を窺った。
老婆は、茶店の裏手に続く路地に入った。
久蔵と寅吉は、路地の入口に素早く走った。
老婆は、茶店の裏口の戸を小さく叩いていた。だが、中から返事はなかった。
老婆は、戸を叩く手を止めて吐息を洩らした。
寅吉は、弥勒寺橋の袂に素早く戻って鋳掛屋の道具を片付けた。
久蔵は、物陰に潜んだ。
老婆は、路地から出て来て竪川に向かった。
寅吉は、久蔵に目礼して老婆を追った。
久蔵は頷き、寅吉の後から老婆を追った。

老婆は、竪川沿いの道を大川に向かった。
寅吉は追った。
老婆は、一つ目之橋を渡って小料理屋『千鳥』に進んだ。

小料理屋『千鳥』の表では、年増女が遅い掃除をしていた。

「女将さん……」

老婆は、掃除をしている年増女に声を掛けた。

年増女は『千鳥』の女将だった。

「あら、おさださん……」

女将は、掃除の手を止めて老婆を迎えた。

寅吉は、物陰に潜んだ。

老婆と女将は、眉をひそめて話し始めた。

「どうだ……」

久蔵が寅吉の傍に来た。

「婆さんの名はおさだ。小料理屋の女将と知り合いですね」

寅吉は囁いた。

「女将の名はおこんだ。蓑助、この小料理屋に出入りしている」

「蓑助の野郎が……」

「ああ……」

久蔵と寅吉は、おさだと女将のおこんを見守った。

「分かったよ。じゃあ、蓑助が来たら姐さんがそう云っていたと伝えておくよ」

女将のおこんは、おさだに告げた。

「そうですか。じゃあ、宜しくお願いします」

おさだは、女将のおこんに頭を下げて竪川沿いの道を横川に向かった。

「秋山さま……」

「ああ……」

久蔵は頷いた。

寅吉は、おさだを追った。そして、久蔵が距離を取って続いた。


おさだは、竪川沿いの道を足早に進んだ。

寅吉は追い、久蔵は続いた。

「秋山さま……」

幸吉が背後から現れた。

「おう……」

「寅吉っつぁんが追っている婆さんは……」

「鉄五郎の妾のおしまと拘わりがありそうだ」

「おしまと……」

幸吉は眉をひそめた。

由松と手分けして捜していたおしまが、思わぬ処から浮かんだ。

「ああ。おそらく婆さんの行き先には、おしまがいる筈だ」

久蔵は小さく笑った。

「じゃあ、あっしも追います。御免なすって」

幸吉は、竪川沿いの道と平行している裏通りに走った。

おさだは、寅吉と幸吉の巧みな尾行に捉えられた。

久蔵は、寅吉の後ろ姿を見つめて竪川沿いの道を進んだ。


和馬と市兵衛は、弥平次と共に遊び人や博奕打ちたちに蓑助の似顔絵を見せ、その居場所を突き止めようとしていた。しかし、蓑助を見掛けた者はいなかった。

八丁堀岡崎町の秋山屋敷は、三百五十坪程の敷地があり、土塀で囲まれていた。

与平は、四半刻おきに屋敷の周囲を見廻り、表を警戒した。

「与平……」

香織は、表門から外を警戒していた与平の許にやって来た。

「こりゃあ奥さま。何でしょうか……」

与平は、香織を笑顔で迎えた。

「何かあったのですか……」

香織は微笑んだ。

「いえ。別に……」

与平は、微かに狼狽した。

「与平……」

香織は、与平の狼狽を見逃さず、厳しく見つめた。

与平は、主に対して惚け通せる程、不忠者ではなかった。

「教えて下さい」

「はい。奥さま、旦那さまのお話では、御屋敷に付け火をしようとする者がいるかもしれないと……」

与平は、腹立たしげに顔の皺を歪めた。

「屋敷に付け火ですか……」

香織は眉をひそめた。

「はい」

与平は頷いた。

香織は、夫の久蔵が盗賊の頭を捕らえたのは聞いていた。

付け火は、それに何らかの拘わりがあるのかもしれない。

「旦那さまがそう仰ったのですね」

「はい。それで御屋敷の周りの見廻りを……」

「御苦労でしたね。これからは私も気を配ります」

「そいつは助かりますが、呉々もお気を付けて……」

与平は心配した。

「はい。そうそう与平、この事、お福には」

「奥さま、お福が知ったら煩く騒ぎ立てるだけです。教えない方が無難かと……」

「分かりました。与平、如何に不敵な輩《やから》でも人の眼のある表と昼間の付け火はありますまい。警戒するのは夜、それも人の眼の届きづらい横手と裏手。違うかしら……」

香織は微笑んだ。

「成る程……」

与平は頷いた。

「それから与平。万一の時、先ずはお福を連れて逃げて下さい。私は大助を避難させます。火を消すのはそれからです。良いですね」

香織は、与平に言い聞かせた。

「はい。良く分りました」

与平は頷いた。

「では……」

香織は、落ち着いた足取りで屋敷内に戻って行った。

与平は感心した。

香織は、慌てても狼狽えもせずに付け火をされた時の対応を指示した。

流石は奥さまだ……。

与平は、老いた身にのし掛かった責めの半分を降ろした思いだった。

亀戸《かめいど》天神に参拝客は疎らだった。

老婆のおさだは、竪川に架かる幾つもの橋の袂を過ぎ、横十間川《よこじっけんがわ》に出た。そして、横十間川を北に曲がり、天神橋を渡った。そこが亀戸天神のある亀戸町だった。

おさだは、亀戸天神脇の裏通りに進み、黒塀で囲まれた仕舞屋に入った。

寅吉は見届けた。

「寅吉っつぁん……」

路地から幸吉が出て来た。

「おお、幸吉か……」

「はい。秋山さまに伺いました。此処におしまがいるかもしれませんね」

「うん……」

寅吉と幸吉は、仕舞屋を見据えた。

「婆さん、此の家に入ったか……」

久蔵がやって来た。

「はい」

寅吉は頷いた。

「よし。寅吉は見張りを頼む。幸吉は隣近所に聞き込みを掛けてくれ。俺は自身番で誰の持ち家か聞いてくるぜ」

久蔵は、それぞれのやる事を決めて散った。

花川戸町の料理屋『大舟』は、川風に暖簾を揺らしていた。

雲海坊は、おまちが仲居として働いているのを確かめ、『大舟』を見張っていた。

「現れないか、蓑助……」

蛭子市兵衛が、雲海坊に並んだ。

「ええ。市兵衛の旦那。蓑助の野郎、姉のおまちに手が廻っているのに、気付いたのかもしれませんね」

雲海坊は眉をひそめた。

「うむ……」

市兵衛は頷いた。

料理屋『大舟』から、おまちが大店の隠居らしき客を送って出て来た。

隠居らしき客は、待たせてあった町駕籠《まちかご》に乗って立ち去った。

おまちは、深々と頭を下げて見送った。そして、前掛を手早く外して隅田川に向かった。

「雲海坊……」

「ええ……」

市兵衛と雲海坊は、おまちを追った。


隅田川は冬色に染まっていた。

おまちは、隅田川の岸辺に佇んだ。

冷たい川風が吹き抜け、佇むおまちの着物の裾を揺らした。

おまちは、眼を細めて隅田川を眺めた。

解れ髪が川風に揺れた。

誰かが来るのを待っているのか……。

市兵衛と雲海坊は戸惑った。

猪牙舟が、隅田川の上流からおまちの佇む岸辺に向かってやって来た。

「旦那……」

雲海坊は気付き、眉をひそめた。

猪牙舟は、頬被りに菅笠《すげがさ》を被った蓑助が操っていた。

「ああ、蓑助だ……」

市兵衛は、おまちに向かって走った。

雲海坊が続いた。

おまちは、岸辺に近寄った猪牙舟に乗っている蓑助に巾着袋を放った。

蓑助は、巾着袋を受け取った。

巾着袋から金の音がした。

市兵衛と雲海坊は、岸辺に駆け寄った。

蓑助は、猪牙舟を流れに乗せた。

猪牙舟は流れに乗り、隅田川を一気に下って吾妻橋に向かった。

「待て……」

雲海坊は、岸辺を走って蓑助の猪牙舟を追った。

吾妻橋の船着場に行けば、追う事の出来る舟があるかもしれない。

雲海坊は、一縷《いちる》の望みを抱いて船着場に走った。

「おまち、蓑助に金を渡したのか……」

「は、はい……」

おまちは怯えた。

「おまち、蓑助が今、何をしているのか知っているのか……」

「お上に追われているから助けてくれと……」

おまちは、たった一人の弟の頼みを聞いて金を渡したのだ。

「おまち、蓑助は只逃げ廻っているんじゃあない。盗賊の頭の鉄五郎を放免しろと、付け火をしているんだ」

市兵衛は、おまちに言い聞かせた。

「付け火……」

おまちは驚いた。

「ああ。今の処、死人や怪我人は出ていないが、いつ拘わりのない者が火事に巻き込まれるかもしれないんだ」

「そんな……」

おまちは言葉を失った。

「おまち、蓑助は何処に隠れているんだ」

市兵衛は厳しく尋ねた。

「知らない。私は何も知らない……」

おまちは呆然と呟いた。

吾妻橋の船着場には、知り合いの舟も空き船もなかった。

蓑助の操る猪牙舟は大川を下り、既に行き交う船の間に消えていた。

雲海坊は、追うのを諦めて深々と吐息を洩らした。

大川を吹き抜ける風は一段と冷たく、雲海坊の薄汚れた衣を鳴らした。


亀戸天神傍の仕舞屋には、おしまと飯炊き婆さんのおさだが暮らしていた。

「持ち主は何処の誰だい」

久蔵は、亀戸町の自身番の店番に尋ねた。

「はい。持ち主は下総松戸の織物問屋の政兵衛《まさべえ》って旦那になっています」

店番は、町内の名簿を確かめた。

「松戸の織物問屋の政兵衛か……」

「はい。商いで江戸に出て来た時の宿だそうですよ」

「その宿の留守番が妾のおしまか……」

久蔵は苦笑した。

盗賊の東雲の鉄五郎は、松戸の織物問屋の主の政兵衛として亀戸に仕舞屋を持ち、妾のおしまを住まわせていたのだ。

「で、おしまは幾つだい……」

「二十五歳ぐらいですか……」

「素性は……」

「御武家さまの娘だって噂もありますが……」

店番は困惑した。

「武家の娘……」

久蔵は眉をひそめた。

「はい。ですが何分にも噂ですので、定かではありません……」

「そうか……」

おしまが武家の娘なら、何故に盗賊・東雲の鉄五郎の妾になったのか……。

久蔵は、新たな興味が湧いた。


夕暮れ時が訪れた。

和馬と弥平次は、手の空いている同心や岡っ引、各町の町役人たちと警戒を厳しくした。

夜風が冷たく吹き始めた。

小さな付け火でも、風によっては江戸の町を焼き尽くす大火になる。
江戸の人々は緊張と怯えに包まれ、眠れぬ夜を迎えた。
久蔵は、おしまの住む亀戸の仕舞屋に寅吉と幸吉を張り付かせ、南町奉行所に戻った。
付け火は下谷の空き家、浜町河岸の稲荷堂、鎧之渡の茶店と続いた。
お頭の東雲の鉄五郎を放免しなければ、付け火を続ける……。
蓑助は、脅し文に書いた事を実行していた。
次は何処だ……。
久蔵は、微かな焦りを覚えた。
間もなく今日は終わり、南町奉行の荒尾但馬守が日を切った明日になる。
後一日……。
明日の内に、蓑助を捕らえなければならない。
さもなければ、蓑助の一件から手を引いて責めを取らなければならないのだ。
責めを取るとは、与力の役目を返上するか切腹する事に他ならない。
「その時はその時……」

久蔵は苦笑した。

不敵な笑みだった。

四

秋山屋敷は夜の闇に覆われた。

久蔵は、今夜も屋敷に帰って来てはいなかった。

香織は、大助を寝かし付けて懐剣を取り出して抜き払った。

懐剣は鋭い輝きを放った。

香織は、鋭い輝きを見つめた。

懐剣は、久蔵の助力で父の北島兵部《きたじまひょうぶ》の仇《かたき》を討ち果たしたものだった。

香織の父親北島兵部は、信濃国笠井藩《しなののくにかさい》の江戸詰藩士だった。そして、兵部は若殿大久保京之介《おおくぼきょうのすけ》の乱行を厳しく諫《いさ》めて闇討ちされた。その後、香織は亡き姉の夫の久蔵に引き取られ、父の死の真相を突き止めて仇を討ったのだ。

香織は、懐剣を胸元に納めて寝間を出た。

与平は、龕燈《がんどう》と六尺棒を手にして表門の外で辺りを警戒していた。

「如何ですか……」

香織が、潜り戸から現れた。

「今の処、何も……」

「そうですか……」

「では奥さま、手前は一廻りして来ます。表を頼みます」

「心得ました。呉々も気を付けてね」

香織は頷いた。

「はい。じゃあ……」

与平は、六尺棒を小脇に抱え、龕燈で辺りを照らしながら屋敷の横手の路地に入って行った。

香織は心配げに見送り、辺りの闇に眼を凝らした。

見通せる闇に不審な事はなかった。

香織は、表門の暗がりに佇んで見張りを始めた。

龕燈の明かりは狭い路地を照らした。

狭い路地に人影はなかった。

与平は、油断なく狭い路地を進んだ。そして、土塀を曲がり、屋敷の裏に出て龕燈を翳した。

龕燈の明かりに照らされた闇に人影が動いた。

「誰だ……」

与平は、喉を引き攣らせて嗄れた声を震わせた。

「俺です、与平さん」

人影は囁いた。

「その声は太市か……」

与平は、戸惑いながら龕燈の明かりを人影の顔に向けた。

「はい……」

太市の若々しい顔が、龕燈の明かりの中に浮かんだ。

「そうか、太市か……」

与平は、安堵の吐息を洩らした。

与平は、太市と一緒に見廻りをして表門に戻った。

見張っていた香織は、与平が太市と一緒に戻って来たのに戸惑った。

表門脇の中間部屋では火鉢の炭が真っ赤に熾き、掛けられた鉄瓶の蓋を小刻みに鳴らしていた。

香織は、茶を淹れて与平と太市に差し出した。

「こいつは畏れいります」

与平は恐縮した。

太市は、緊張を露わにしていた。

「それで太市、弥平次の親分さんが見廻りに行けと仰ったのですか」

香織は尋ねた。

「はい。俺が与平さんに云われて若い男を尾行たと報告したら、そいつの似顔絵を見せられまして……」

弥平次は、蓑助が秋山屋敷を窺っていたと知り、付け火を恐れた。

蓑助は、頭の東雲の鉄五郎を捕らえた久蔵を怨み、脅しの付け火の標的に秋山屋敷を選んだのかもしれない。

あっても不思議はない……。

弥平次は睨み、太市に秋山屋敷の密かな見廻りを命じたのだ。

香織は、弥平次の心遣いに感謝し、太市を労った。

「助かりますよ、太市……」

「まったくだ。太市が来てくれて大助かりだ」

香織と与平は、素直に喜んで感謝した。

「いえ……」

太市は照れた。

「奥さま、太市が来てくれましたから、もうお休み下さい。後はあっしと太市で充分です。さあ、早く大助さまのお傍に……」

「そうですか。じゃあ大助の様子を見て、又来ます。充分に気を付けて下さいね」

「はい。妙な野郎が来たら、八丁堀が眼を覚ますぐらいに騒ぎ立ててやりますよ。なあ、太市……」

与平は笑った。

「はい。親分から呼子笛と拍子木を預かって来ました」

太市は、首から下げた呼子笛と腰に差していた拍子木を見せた。

蓑助を見つけたら、捕らえるより付け火をさせるな……。

弥平次は、太市にそう命じていた。

「流石は弥平次の親分だ」

与平は感心した。

「ええ……」

香織は微笑んだ。

冷たい夜風は、中間部屋の武者窓を鳴らした。


夜は更けた。

和馬や市兵衛たちの見廻りは続き、幸吉や雲海坊たちの張り込みは続いた。

久蔵は、南町奉行所で蓑助が現れたと云う報せを待った。だが、蓑助が現れずに時は過ぎ、何事もなく夜が明けた。


南町奉行の荒尾但馬守の日切りは、今日一日だけになった。

久蔵は、但馬守に探索の日を切られた事を誰にも云ってはいなかった。

とにかく蓑助だ……。

その隠れ場所は、鉄五郎の妾のおしまが知っているのかもしれない。

久蔵は、おしまの住む亀戸町に向かった。


横十間川には北風が吹き抜け、川面《かわも》に小波《さざなみ》が走っていた。

久蔵は、横十間川に架かる天神橋を渡って亀戸町に入った。

亀戸町には、向島《むこうじま》の田畑の土埃が北風に乗って吹き寄せていた。

久蔵は、黒塀に囲まれた仕舞屋の前に佇んだ。

見張りに付いていた寅吉と幸吉が、何処からともなく現れて朝の挨拶をした。

「やあ……」

「昨夜は何事もなく……」

寅吉は微笑んだ。

「うむ。蓑助は……」

「現れませんでした」

幸吉は眉をひそめた。

「それに、おしまが出掛ける事もありませんでした」

蓑助は現れず、おしまも動かなかった。

「よし。おしまに逢ってみよう……」

「秋山さま……」

幸吉は戸惑った。

「そして、おしまがどう動くかだ」

「成る程、そいつは面白い……」

寅吉は笑った。

「寅吉と幸吉は、おしまやおさだって婆さんが動いた時、行き先を見届けてくれ」

「承知しました」

寅吉と幸吉は頷いた。

「じゃあな……」

久蔵は、おしまの住む黒塀に囲まれた仕舞屋に向かった。

寅吉と幸吉は、緊張した面持ちで見送った。

おさだは、訪れた着流しの侍が南町奉行所の者と知って激しく狼狽した。

「盗賊の蓑助について聞きに来た。おしまはいるかい」

「は、はい。おかみさんは今……」

おさだは、恐怖に混乱した。

「おさだ……」

居間から粋な形《なり》をした女が現れ、久蔵に丁寧に挨拶をした。

「おしまにございます」

粋な形の女は、東雲の鉄五郎の妾のおしまだった。

「失礼にございますが、お侍さまは……」

「南町奉行所の秋山久蔵だ」

「秋山久蔵さまにございますか……」

おしまは、久蔵の名を知っていたのか微かに眼を瞠った。

「ああ。盗人の蓑助を知っているな」

「秋山さま、ここではなんでございます。どうぞ、お上がり下さいませ」

おしまは微笑んだ。

久蔵は、おしまの微笑みに潔さを見た。

小さな庭の隅には、一輪の菊の花が咲いていた。

「どうぞ……」

おしまは、久蔵に熱い茶を差し出した。

「うむ……」

「御用向きは、蓑助の事ですね」

おしまは静かに尋ねた。

「ああ。何処に潜んでいるのかな」

久蔵は、駆引きなしに単刀直入に訊いた。

「それは分かりません……」

おしまは、微笑みながら首を横に振った。

「分からない……」

「はい。蓑助は二親を亡くし、食べ物に困っていた時、東雲の鉄五郎に助けられ、それ以来、恩人として慕っております。その鉄五郎が秋山さまに捕らえられた。蓑助は何がなんでも鉄五郎を助けると……」

「だからと云って付け火が許せる筈もねえ」

「仰せの通りにございます。私も蓑助に人が巻き添えになっていない内に、付け火は止めるように云いました。ですが蓑助は……」

「云う事を聞かねえか……」

「はい。付け火しか、お頭を助ける手立てはないと……」

おしまは、哀しげに眉をひそめた。

「そうか……」

久蔵は、おしまの言葉に嘘はないとみた。

「秋山さま、蓑助が何処に潜んでいるかは存じませんが、次ぎに付け火をする処は……」

「知っているのか……」

「はい……」

おしまは、久蔵を見つめて頷いた。

「恩人の頭を捕らえた怨み重なる秋山久蔵の屋敷か……」

久蔵は苦笑した。

「きっと……」

おしまは、久蔵が気付いていたのに微かな戸惑いを浮かべた。

「蓑助、屋敷を窺っていたそうだ」

「流石にございますね……」

おしまは微笑んだ。

屈託のない爽やかな微笑みだった。

久蔵は、蓑助が次ぎに付け火をしようとしている場所が己の屋敷だと確信した。

「そうか。良く分った。邪魔をしたな」

「いいえ……」

「処でおしま。お前さんのような女が何故、鉄五郎の世話になったんだい」

久蔵は、募っていた疑問をぶつけた。

「その事ですか……」

おしまは苦笑した。

「ああ。気になってな……」

「秋山さま、私は父に売られたのです」

「売られた……」

久蔵は眉をひそめた。

「はい。私の父はさる御旗本の用人にございまして、御屋敷の金子《きんす》を使い込んでしまいました」

「その返済金、お前さんを鉄五郎に売って整えたって訳か……」

「はい。何事も運命《さだめ》。そうなれば、潔く従う迄にございます」

おしまは、屈託のない笑みを浮かべた。

「何事も運命か……」

「はい。鉄五郎が秋山さまにお縄になったのも……」

おしまは云い切った。

久蔵は気付いた。

おしまの潔さには、運命に翻弄される哀しさと諦めが秘められている……。

小さな庭の隅に咲く菊の花は揺れた。


久蔵は、おしまの家の見張りを解いた。そして、幸吉を弥平次の許に走らせた。

「秋山さま、あっしは何を……」

寅吉は、久蔵に指示を仰いだ。

「うむ。寅吉は長八と一緒に俺の屋敷に行ってくれ」

「秋山さまの御屋敷ですか……」

寅吉は戸惑った。

「うん。実はな寅吉……」

久蔵は、蓑助が秋山屋敷に付け火をしようと企てている事を教えた。

「そんな……」

寅吉は驚いた。

「それで、長八と密かに見張って貰いたい」

「分かりました。長八とすぐに参ります」

寅吉は意気込んだ。

「寅吉、付け火は夜だ。焦るんじゃあねえ」

久蔵は笑った。


南町奉行所に弥平次がやって来た。

久蔵は、弥平次を用部屋に通した。

「お呼びにございますか、秋山さま……」

弥平次は、緊張した面持ちで久蔵の前に座った。

「実はな弥平次……」

久蔵は、事の次第を詳しく教えた。

「やっぱり……」

弥平次は眉をひそめた。

「気付いていたのか……」

「はい。太市が蓑助を尾行た経緯《いきさつ》を聞き、昨夜、太市を御屋敷に……」

「そいつはありがてえ。与平も助かった筈だ」

「いえ。では、今夜の手配りは……」

「そいつなんだが、和馬と市兵衛たちには引き続き江戸市中の警戒を続けて貰うよ」

「蓑助を油断させますか……」

「まあな……」

「となると御屋敷は……」

「相手は蓑助一人。うちの与平と太市。それに寅吉と長八に助太刀を頼んだよ」

「秋山さまは……」

「何事も蓑助の動きを見定めてからだ」

「ですが……」

「弥平次、実は御奉行に日を切られてな」

「日を切られた……」

弥平次は息を飲んだ。

「ああ。今日中に蓑助を捕らえなければ、御奉行は俺を探索から外し、東雲の鉄五郎を密かに放免するだろうぜ」

久蔵は苦笑した。

「そんな……」

弥平次は、満面に困惑と怒りを交錯させた。

「弥平次。最早、今夜中に蓑助を捕らえるしかねえんだよ」

久蔵は、覚悟を決めていた。


暮六つ（午後六時）が過ぎた。

明日になる子《ね》の刻九つ時（午前〇時）迄、残り三刻（六時間）になった。

和馬、市兵衛たち同心と幸吉、雲海坊、由松、勇次たちは見廻りを続けた。

夜風は北から冷たく吹き始めた。

下谷や浅草で付け火をされ、北風に煽《あお》られて燃え広がったら、神田や日本橋などの江戸の東側は甚大な被害を受ける。

和馬と市兵衛は、町役人や木戸番、火消したちを動員して厳しい見廻りを繰り返した。
同心や町役人たちの見廻りは、しつこい程に繰り返されていた。
楓川に架かる弾正橋の袂の居酒屋に客は少なかった。
蓑助は、手酌で酒を飲んでいた。
「火の要心、さっさりましょう」
木戸番の声と拍子木の甲高い音が響いた。
「やれやれ付け火とは、物騒な話だぜ……」
客の職人は、酒をすすりながら店の親父にぼやいた。
見廻りと警戒は相変わらずだ……。
蓑助は、厳しい見廻りを嘲笑った。
役人どもは、俺の企てに気付いちゃあいない……。
今夜こそ秋山屋敷に付け火をし、お頭を放免しない秋山久蔵の鼻を明かしてやる。
蓑助は酒を飲んだ。
酒は美味く、心は遊びに行く時のように弾んだ。

亥《い》の刻四つ（午後十時）になった。
蓑助は、居酒屋を出て弾正橋の船着場に降りた。
船着場には猪牙舟が揺れていた。
蓑助は、猪牙舟から一升徳利を取り出した。
一升徳利から油の匂いが漂った。
蓑助は、一升徳利を持って八丁堀岡崎町の秋山屋敷に急いだ。
冷たい夜風は、酒に火照《ほて》った身体に心地良かった。

秋山屋敷は寝静まっていた。
蓑助は路地に入り、暗い裏手に廻った。
辺りに人影はない……。
蓑助は見定め、秋山屋敷の裏手の土塀に一升徳利に入れて来た油を振り掛けた。
油の匂いが鼻を突いた。
蓑助は、懐から懐炉を取り出して蓋を開けた。中には火の付いた懐炉灰が入っていた。

蓑助は、火の付いた懐炉灰に息を吹いた。懐炉灰の火は大きく広がった。
刹那、頭上から呼子笛が甲高く鳴り響いた。
蓑助は驚いた。
左右の闇を揺らして人影が現れた。
しまった……。
蓑助は慌てた。
頭上から鳴り響く呼子笛は、太市が屋根の上から吹き鳴らしていた。
左右から迫ってくる人影は、長八と寅吉だった。
蓑助は身構えた。
左右から迫ってくる二人は爺いだ……。
一瞬、蓑助に侮りが過ぎった。
刹那、長八の手から萬力鎖《まんりきぐさり》が放たれた。
萬力鎖は、二尺余りの鎖の両端に分銅を付けた捕物道具だ。
萬力鎖の分銅は、蓑助の肩を鋭く打った。
蓑助は、激痛に思わず顔を歪めてよろめいた。
次の瞬間、寅吉が蓑助の手首を握り締めて大きく捻った。

蓑助は悲鳴をあげ、握り締められた手首から血を流して膝を突いた。

寅吉の指には、角手《かくて》と称する鋭い角の付いた捕物道具が嵌《は》められていたのだ。

蓑助は必死に抗い、力任せに寅吉と長八を振り払った。だが、太市が屋根の上から蓑助に飛び掛かった。太市と蓑助は、地面に転げて激しく縺《もつ》れ合った。駆け付けた与平が、六尺棒で蓑助を打ち据えた。

蓑助は、頭を抱えて転げ廻った。

「この付け火野郎……」

与平に容赦はなかった。

長八と寅吉が、蓑助を押さえ付けて手際良く縄を打った。

「見事だ。良くやってくれた」

久蔵が現れた。

「旦那さま……」

与平は、安堵の吐息を洩らした。

「蓑助だな……」

久蔵は、長八と寅吉に引き据えられている蓑助を見据えた。

蓑助は、口惜しげに久蔵を睨み付けた。

「付け火もこれ迄だ……」

蓑助は項垂れた。

和馬、市兵衛、弥平次、幸吉たちが駆け付けて来た。

「和馬、市兵衛、長八と寅吉が蓑助を見事にお縄にしてくれたぜ」

「旦那さま。長さんと寅さんは云うに及びませんが、太市も屋根から見張ったり、飛び掛かったり、そりゃあもう見事な働きでした」

与平は、太市を誉めた。

「うむ。太市、御苦労だったな」

久蔵は太市を労った。

太市は、頰を赤く染めて照れた。

「市兵衛、幸吉、蓑助を奉行所に引き立てろ。和馬、弥平次、事の次第を自身番に報せ、警戒と見廻りを解いてくれ」

久蔵は命じた。

市兵衛と幸吉は蓑助を引き立て、和馬と弥平次たちは江戸の町の自身番に急いだ。

「長八、寅吉、太市、屋敷で一服してくれ。与平、香織に云って酒の仕度をな……」

久蔵は、年寄りの長八と寅吉、そして若い太市が蓑助を捕らえたのに楽しさを覚えた。

冷たい夜風はいつの間にか止んでいた。


蓑助は、日切りの内に捕らえられた。

荒尾但馬守は、久蔵に何の沙汰も下さなかった。

久蔵は苦笑し、盗賊・東雲の鉄五郎一味に打ち首獄門の裁きを下した。そして、蓑助を付け火の罪で火焙りの刑に処した。

事件は終わった。


秋山屋敷に弥平次が訪れた。

「やあ、来てくれたかい……」

久蔵は弥平次を迎えた。

「はい……」

「来て貰ったのは他でもねえ。頼んであった奉公人だが……」

「太市でございますか……」

　弥平次は笑った。

「ああ。与平が甚《いた》く気に入ってな。俺も香織も不服はねえのだが、太市はどうかな」

　武家奉公には危険が潜んでいる。町奉行所の与力となると、悪党の怨みを買ってどんな危険に巻き込まれるか分かりはしない。

　久蔵は、不安を過ぎらせた。

「きっと、お引受けするかと……」

「そうか、来てくれるか……」

　久蔵は、安堵の色を浮かべた。

「はい……」

「そいつは良かった」

「いいですね。若い者は……」

　弥平次は眼を細めた。

「ああ。だが、年寄りは年寄りの良さもある。棄てたもんじゃあねえ」

　久蔵は笑った。

不意に大助の泣き声が響いた。

「これはこれは、元気な泣き声だ」

弥平次は微笑んだ。

「ああ、屋敷中に響き渡るぜ」

久蔵は苦笑した。

大助と太市、秋山家も変わる……。

陽が重く垂れ込めた雲間から顔を出したのか、障子は眩しい程に明るく輝いた。

第四話

野良犬

一

師走《しわす》——十二月。
江戸の商いは盆暮勘定。年に一度か二度の取立てであり、年の瀬は大晦日《おおみそか》まで取立ての攻防が続く。

八丁堀岡崎町の秋山屋敷の門前は、与平によって綺麗に掃き清められていた。

「与平さん、旦那さまのお出掛けです」

太市が、前庭を掃除する与平を呼びに来た。

「おう……」

与平は、竹箒《たけぼうき》を置いて玄関先に急いだ。

南町奉行所吟味方与力の秋山久蔵は、妻の香織と大助を抱いたお福の見送りを受けて玄関を出た。

玄関先には与平と太市が控えていた。

「お気を付けて……」

「うむ。与平、後は頼んだぜ」

「お任せを……」

与平は頷いた。

「行くぜ、太市……」

「はい。お供します」

久蔵は、太市を従えて屋敷を後にした。


冬の朝、人々は白い息を吐いて足早に行き交っていた。

久蔵は、太市を従えて楓川に架かる弾正橋を渡り、京橋に向かった。

「太市、屋敷に来て何日になる」

「もう十日になります」

太市は、若々しい顔に緊張を滲ませた。

「そうか、十日か……」

「はい」

太市は、柳橋の船宿『笹舟』の船頭見習いを辞め、秋山家に奉公した。

久蔵と香織は、若いながらも陰日向なく働く太市への信頼を日に日に厚くした。

与平とお福は、十七歳の太市を息子のように可愛がり、秋山家での仕事の内容と手順を細かく教えた。

太市は、表門脇の中間部屋を与えられた。だが、仕事以外の時は、与平やお福と台所で過ごした。

太市は、船宿『笹舟』に奉公する前は板前の修業をしており、香織やお福の台所仕事も手伝った。

「どうだ。少しは慣れたか……」

「はい。奥さまや与平さんとお福さんが、親切に教えてくれますので……」

「うむ。太市、分からない事があれば何でも訊くんだな」

「はい。あの、旦那さま……」

太市は口籠《くちご》もった。

「何だ。遠慮は無用だぜ」

「付け火の蓑助をお縄にする時、長八さんと寅吉さんが使った捕物道具ですが
……」

太市は、その眼に興味を過ぎらせた。

「ああ。長八は萬力鎖、寅吉は角手を使ったんだぜ」

「萬力鎖に角手……」

「ああ、捕物道具は他にもいろいろある」

「いろいろあるんですか……」

「うむ。知りたければ、教えてやるよ」

「お願いします」

太市は、眼を輝かせて頭を下げた。

久蔵と太市は、京橋の北詰を抜けて外濠に向かった。そして、外濠沿いを数寄屋橋御門に進んだ。

外濠は重く垂れ込める雲を映し、青黒く澱《よど》んでいた。

久蔵は、太市を従えて数寄屋橋御門を渡り、南町奉行所の表門を潜った。

「御苦労だったな、太市。事件が起これば帰りは何時になるか分かりゃあしねえ。一休みしたら屋敷に戻ってくれ」

久蔵は命じた。

「承知しました」

太市は、奉行所に入って行く久蔵を見送り、門番や小者たちに挨拶をした。

定町廻り同心の神崎和馬が、緊張した面持ちで久蔵を待っていた。

久蔵は、和馬の様子を見て何か事件が起きたのを知った。

「どうした……」

「昨夜遅く、下谷広小路の小料理屋で酒を飲んでいた旗本の部屋住みが、押し込んで来た浪人たちに無理矢理連れ去られたそうにございます」

「旗本の部屋住み……」

「はい。小料理屋の女将の話では、本郷は北ノ天神裏の旗本進藤《しんどう》家の次男勇次郎《ゆうじろう》どのだそうです」

「その進藤勇次郎、浪人どもと以前から揉めていたのかい」

「別にそんな事はなかったと……」

「浪人ども、勇次郎を何処に連れ去った」

「谷中《やなか》は千駄木《せんだぎ》坂下町の外れ、畑の中にある空き家になっていた百姓家に……」

「浪人共、その空き家の百姓家を塒《ねぐら》にしているのか……」

「土地の者の話ではそうらしいです」

和馬は眉をひそめた。

「で、浪人共、勇次郎を連れ去り、進藤家に金でも寄越せと云ったのかい……」

「そいつが、まだ何も……」

和馬は困惑を滲ませた。

「金が目当てじゃあねえのか……」

久蔵は眉をひそめた。

「かもしれません……」

金が目当てでなければ、何故に勇次郎を拉致《らち》したのか……。

「浪人共、何人だ」

「浪人は四人。他に博奕打ちらしい町方の者が一人いるそうです」

「都合五人か……」

「はい……」

「浪人共と旗本の部屋住みの間に、何があるのかしれねえが、行ってみるか……」

久蔵は立ち上がった。

冬枯れの田畑には土埃が舞い上がっていた。

久蔵は、和馬と共に不忍池から根津《ねづ》権現《ごんげん》に抜け、千駄木坂下町の百姓家にやって来た。

百姓家は北風に晒され、舞い上がる土埃の中に不安げに建っていた。

久蔵は、眼を細めて百姓家を眺めた。

「秋山さま。和馬の旦那……」

岡っ引の柳橋の弥平次が、久蔵と和馬の許に駆け寄って来た。

「親分、何かあったのか……」

「ええ。あれを……」

弥平次は、畑の隅にある桜の古木を示した。

桜の古木の下には、四人の武士がいた。

四人の武士たちは羽織を脱ぎ、襷《たすき》を掛けて袴の股立《ももだ》ちを取っていた。

「旗本進藤家の家来たちか……」

久蔵は読んだ。

進藤家は千石取りの旗本家であり、二十名前後の家来がいる筈だ。

「はい。勇次郎さまを返せと掛け合いに行ったのですが、追い返されましてね」

弥平次は眉をひそめた。

「斬り込むつもりか……」

「きっと……」

久蔵は冷笑を浮かべ、進藤家の家来たちの許に向かった。

和馬と弥平次が続いた。


桜の古木の下では、旗本進藤家の四人の家来たちが闘いの仕度をしていた。

久蔵は、進藤家の家来たちに近付いた。

「旗本進藤織部《おりべ》さま御家中の方々とお見受け致す」

「左様。拙者、旗本進藤家家中の小坂仙之助《こさかせんのすけ》だが、おぬしは……」

家来たちの頭分が進み出た。

「南町奉行所吟味方与力秋山久蔵……」

「町奉行所の与力どのが何用です」

小坂は、鼻先に侮りを滲ませた。

「斬り込むつもりなら、止めた方が良いと伝えに来たのだが。ま、好きにやれば宜しいでしょう」

久蔵は、進藤家の家来の傍から離れた。

「秋山さま……」

和馬は眉をひそめた。

「云っても無駄なようだ……」

久蔵は冷笑を浮かべた。

「ええ……」

弥平次は、厳しい面持ちで頷いた。

「弥平次、百姓家を見張っている幸吉たちに余計な手出し、何があっても一切するなと伝えるんだな」

「はい……」

弥平次は、百姓家の表に潜んでいる幸吉の許に走った。

百姓家の表に幸吉、左右の横手に由松と勇次、そして裏手には雲海坊が見張りに付いていた。

小坂たち旗本進藤家の四人の家来は、斬り合う仕度を整えて百姓家に進んだ。

久蔵と和馬、そして弥平次たちは見守った。

髭面と着流しの二人の浪人が、百姓家から薄笑いを浮べて現れた。

「勇次郎さまを返して貰おう」

小坂たち四人の家来は、二人の浪人と対峙した。

「勇次郎は今、恐ろしさに小便を洩らしてな。袴が乾く迄、待って欲しいそうだ」

二人の浪人は、嘲りを浮かべて笑った。

「おのれ……」

小坂たち四人の家来は激昂し、猛然と二人の浪人に斬り掛かった。

髭面の浪人が、斬り掛かる家来に抜き打ちの一刀を浴びせた。

家来は袈裟《けさ》懸《が》けに斬られ、血煙をあげて仰け反り倒れた。

見事な抜き打ちの一刀だった。

小坂たち残った三人の家来は、思わず怯《ひる》んで後退りした。

「秋山さま……」

和馬は、喉を引き攣らせた。

「斬り合いの場数の違いだ……」

久蔵は、厳しい面持ちで見守った。

二人の浪人は薄笑いを浮かべ、猛然と小坂たちに斬り込んだ。

小坂たちは必死に踏み止まり、二人の浪人と斬り結んだ。

蹴立てられた土埃が舞い、怒号が飛び交った。

剣の腕の差は歴然としており、小坂たち家来は二人の浪人の敵ではなかった。

二人の浪人は、二人の家来を斬り倒し、残った小坂仙之助に迫った。

小坂は、刀を青眼に構えた。その刀の切っ先は小刻みに震えた。

着流しの浪人は嘲笑し、小坂の小刻みに震える刀を己の刀で弾いた。

小坂は、驚いたように大きくよろめいた。

「何だ、その構えは……」

二人の浪人は笑った。

小坂は絶望的に顔を歪め、悲鳴のような雄叫《おたけ》びをあげて斬り掛かった。

着流しの浪人は、小坂の斬り込みを躱《かわ》して横薙ぎの一刀を放った。

小坂は脇腹を斬られて仰け反り、必死に逃げようと背を向けた。

刹那、髭面の浪人が、小坂の背を袈裟懸けに斬り下ろした。

小坂は、苦しく呻いて前のめりに倒れた。

着流しと髭面の二人の浪人は、倒れている小坂たちに嘲笑を浴びせて百姓家に戻って行った。

風が吹き抜け、土埃が舞い上がった。

「無残な……」

和馬は眉をひそめた。

「やはり無理な斬り合いだったな」

久蔵は眉をひそめた。

「秋山さま……」

弥平次が駆け寄って来た。

「和馬、弥平次。人を雇って死体を寺に運び、進藤家に報せてやれ」

「心得ました」

和馬と弥平次は走り去った。

久蔵は、浪人たちのいる百姓家を見つめた。

百姓家は風に吹かれ、戸口や板壁をがたがたと鳴らしていた。

何故こんな真似をする……。

久蔵は、浪人たちが進藤勇次郎を拉致した理由に興味を募らせた。

囲炉裏の火は大きく燃え上がっていた。

髭面と着流しの浪人、それに総髪の浪人と痩せた若い浪人が囲炉裏を囲んでいた。

「所詮、餌を貰って生きている飼い犬。横塚《よこづか》の袈裟懸けの一刀に怖《お》じ気《け》付きやがった」

着流しの浪人は、嘲笑を浮べて湯呑茶碗の酒を飲んだ。

「ああ。口ほどにもない奴らだ」

横塚と呼ばれた髭面の浪人は、髭を酒で濡らして笑った。

「それで土田《つちだ》。町方同心と一緒に見ていた侍。何処の誰だ」

総髪の浪人は、着流しの浪人に訊いた。

「さあ、町奉行所の役人ですかね……」

土田と呼ばれた着流しの浪人は首を捻った。

「町奉行所の役人か……」

「田中《たなか》さん、町奉行所の役人にしては、妙に落ち着いていましたね」

痩せた若い浪人は、総髪の浪人を一瞥した。

「黒木《くろき》もそう見たか……」

「ええ……」

黒木と呼ばれた痩せた若い浪人は頷いた。

「野郎、何が直参旗本だ。小便と糞《くそ》を垂れ流した挙げ句、めそめそ泣きやがって……」

博奕打ちが、腹立たしげに奥の納戸から出て来た。

「で、仁吉《にきち》。勇次郎、飯は食うのか……」

「ええ。大きな握り飯を。垂れ流しながら食っていますよ」

仁吉は呆れた。

「流石は旗本のお坊ちゃんだぜ」

田中は嘲笑った。

戸口の板戸が叩かれた。

浪人たちは、弾かれたように戸口を見た。

板戸は再び叩かれた。

田中は、横塚、土田、黒木に目配せした。

横塚と土田は土間に降り、戸口の左右に張り付いた。そして、黒木は格子窓を僅かに開けて外を窺った。

「誰だ……」

「妙に落ち着いた奴だ……」

黒木は、緊張を滲ませた。

「なに……」

田中は戸惑った。

板戸は再び叩かれた。

「仁吉……」

田中は、仁吉に板戸を開けろと指示した。

仁吉は頷き、戸口に忍び寄って心張棒を外して板戸を一気に開けて飛び退いた。

横塚と土田は、刀の鯉口《こいぐち》を切って身構えた。

風が吹き込み、囲炉裏の火は激しく揺れた。

横塚と土田は抜き打ちに構え、黒木と田中は見守った。だが、戸口から入って来る者はいなかった。

「誰だ……」

「巫山戯《ふざけ》た真似は止めるんだな」

横塚と土田の脇の板壁から、刀の切っ先が突き出た。

横塚と土田は、咄嗟に飛び退いて躱した。

「邪魔するぜ」

久蔵が、戸口から悠然と入って来た。

二

久蔵は、浪人たちと仁吉を見廻して不敵な笑みを浮べた。

横塚と土田は、抜き打ちに身構えた。

「何者だい、あんた……」

田中は、囲炉裏端から訊いた。

「南町奉行所の秋山久蔵……」

久蔵は、笑顔で名乗った。

「剃刀久蔵……」

横塚は思わず怯み、田中や土田、仁吉たちは微かに動揺した。

黒木は、探るように久蔵を見つめた。

久蔵は苦笑した。

「その秋山さんが、何用だ」

田中は、薄笑いを浮べた。

「進藤勇次郎は無事かい」

「ああ。握り飯を食べて小便や糞を垂れ流しているぜ」

奥の納戸を示した。

「で、何故、勇次郎を拉致したんだい」

「そいつは野良犬の意地と矜持《きょうじ》って奴だ。町奉行所には拘わりねえ」

田中は嘯《うそぶ》いた。

「ほう、野良犬の意地と矜持か……」

久蔵は苦笑した。

「ああ。こいつは、俺たちと千石取りの旗本進藤家との揉め事だ。町方に迷惑を掛けねえから引っ込んでいてくれ」

「迷惑は掛けねえと云うが、江戸市中で斬り合い、騒がしているのは事実だ。俺たちも黙って見ている訳にはいかねえんだぜ」

久蔵は、囲炉裏端にいる田中を厳しく見据えた。

横塚と土田は、刀を抜こうとした。

「動くんじゃあねえ」

久蔵は、鋭く一喝した。

横塚と土田は怯み、凍て付いた。

「下手に動けば、野良犬の意地も矜持もなくなるぜ……」

久蔵は冷たく笑った。

黒木は、格子窓から火の粉が吹き込んで来るのに気付いた。

格子窓の外には、松明《たいまつ》を持った幸吉がいた。

「田中さん、この北風の中で火を放たれれば、秋山さんの云う通り、意地も矜持も燃え尽きますよ」

黒木は苦笑した。

「火を放つだと……」

田中、横塚、土田は驚いた。

「そうですね、秋山さん……」

黒木は念を押した。

「ああ。周りは冬枯れの田畑。町家や寺に火が広がる恐れはねえからな」

久蔵は笑った。

「冗談じゃあねえ。町奉行所の与力がそんな真似が出来るものか……」

田中は、久蔵を睨み付けた。

「嘗めるんじゃねえ。この秋山久蔵、町方の者を護る為なら手立ては選ばねえぜ」

久蔵は、不敵に云い放った。

「田中さん、どうやら此処は、町方の者には迷惑を掛けないと約束するんですね」

黒木は、田中に勧めた。

「分かった。町方の者には迷惑は掛けないと約束する」

田中は告げた。

「もし、約束を違《たが》えるなら、命を棄てる覚悟をしてやるんだな」

久蔵は、笑顔で告げて踵を返した。

田中、横塚、土田、仁吉は、出て行く久蔵を口惜しげに見送った。

黒木は、微かな笑みを過ぎらせた。

板戸は音を立てて閉められ、百姓家は僅かに揺れた。

旗本進藤家の家来の小坂たちの死体は、雇われた人足たちによって近くの長林寺に運ばれた。

「それで秋山さま、浪人共は町方には迷惑を掛けないと約束したんですか……」

弥平次は眉をひそめた。

「ああ。不承不承な。ま、約束程、当てにならないものはねえ。いつ破られるか……」

久蔵は、百姓家を見つめて苦笑した。

「それにしても、野良犬の意地と矜恃を護る為に旗本の部屋住みを拐かすとは……」

弥平次は困惑した。

「その意地と矜恃の正体だな……」

「ええ……」

弥平次は頷いた。

「いずれにしろ弥平次、そいつは旗本進藤家に拘わりがある……」

久蔵は睨んだ。

「進藤さまに探りを入れてみますか……」

「ああ、そうしてくれ……」

久蔵は頷いた。

弥平次は、雲海坊と由松を本郷の進藤屋敷に走らせた。

「秋山さま……」

和馬が駆け寄って来た。

「どうした」

「進藤家の者たちが……」

和馬は、振り返って背後を示した。

久蔵と弥平次は、和馬の背後を窺った。

数人の武士が、土埃を蹴立てて駆け寄って来た。

「来たか……」

久蔵は苦笑した。

進藤家の者たちは、百姓家に突き進もうとした。

久蔵は、進藤家の者たちの前に進み出た。

「何だ、おぬしは……」

先頭にいた中年武士は、久蔵を厳しく見据えた。

「南町奉行所与力秋山久蔵。進藤家家中の方々とお見受け致す」

「左様。拙者は進藤家用人山崎左内《やまざきさない》。勇次郎さまを貰い受けに行く。秋山どの、これは旗本進藤家の事。町奉行所の手出しは無用」

「そいつは構わないが、仏を貰い受けに行くのかな」

「なに……」

山崎は戸惑った。

「小坂どのたちを見れば、下手な無理押しは禁物だと分かる筈……」

久蔵は、噛んで含めるように告げた。

「小坂たちと一緒にして貰いたくないが……」

山崎は、苦笑しながら百姓家を見据えた。

「金が目当てなら、小坂どのたちも死ぬ事はなかった筈……」

久蔵は、山崎の反応を窺った。

「ならば、浪人どもは……」

「勇次郎どのを拉致したのは、野良犬の意地と矜持だそうだ」

「野良犬の意地と矜持……」

山崎は眉をひそめた。

「心当り、あるかな……」

「それは……」

山崎は、躊躇いを過ぎらせた。

「山崎……」

山崎を遮るように男の声が響いた。

若い武士が、怒りを露わにしてやって来た。

「これは真一郎《しんいちろう》さま……」

山崎は迎えた。

「何をぐずぐずしている。早々に斬り込んで勇次郎を救い出せ」

真一郎は喚き立てた。

久蔵たちは、真一郎が勇次郎の兄で進藤家の嫡男だと知った。

「兄上……」

百姓家から悲鳴のような声がした。

真一郎と山崎たちは、声のした百姓家を見つめた。

半泣きの若い武士の顔が、百姓家の格子窓の奥に見えた。

「勇次郎……」

真一郎は怯んだ。

「来ないでくれ兄上。来ると俺は殺される」

勇次郎は、泣きながら叫んだ。

「おのれ……」

真一郎は、苛立ち歯軋《はぎし》りした。

「真一郎さま、御覧の通りです」

山崎は、口惜しげに告げた。

「金か。金が欲しさの所業か……」

真一郎は怒鳴った。

「黙れ……」

勇次郎を退かし、田中の顔が格子窓の奥に現れた。

「手前ら馬鹿旗本は、二言目には直参風を吹かし、何でも金と公儀の力で始末しようとしやがる。そいつが気に入らねえ。斬り込んで来るなら、勇次郎を死なす覚悟で来るんだな」

田中は嘲笑った。

「おのれ……」

真一郎は熱《いき》り立った。

「ならば、何が望みだ。どうすれば、勇次郎さまを無事に返してくれるのだ」

山崎は怒鳴った。

「そいつは、進藤織部に訊くんだな」

「殿に……」

山崎は困惑した。

「ああ。甲州浪人の田中芳之《よしの》助《すけ》がそう云っていると織部に伝えるんだ」

田中は格子窓を閉めた。

「おのれ、食詰め浪人の分際で……」

真一郎は吐き棄てた。

「真一郎さま、この事を殿に……」

「黙れ、山崎。このままでは進藤家は天下の笑い者。一刻も早く勇次郎を助ける手立てを考えろ」

真一郎は、怒りの籠もった眼で山崎を睨み付けた。

「ははっ……」

山崎は、苦しげに頷いた。

「秋山さま……」

和馬は眉をひそめた。

「ああ。どうなる事やら……」

久蔵は苦笑した。

「弥平次、何が起こるか分からねえ。幸吉と勇次をこっちに呼びな」

「はい……」

弥平次は、百姓家の裏を見張っている幸吉と勇次の許に走った。

風は吹き続け、土埃は舞い上がり続けた。

久蔵は、鬢《びん》の解れ髪を揺らして百姓家を見つめた。


本郷北ノ天神裏に進藤屋敷はあった。

雲海坊と由松は、一帯の屋敷の中間や小者に進藤家に就いて聞き込みを掛けた。

進藤家は武張った家であり、当主の織部を始め嫡男の真一郎や家来たちも剣の修行をし、次男で部屋住みの勇次郎だけが遊び歩く軟弱者とされていた。

雲海坊と由松は、進藤家に出入りを許されている商人たちに聞き込みを続けた。

長林寺の鐘が、午《うま》の刻九つ（午後〇時）を告げた。

千駄木坂下町の百姓家からは、田中たち浪人の笑い声が洩れて来た。

進藤真一郎は、桜の古木の下に陣取り、歯軋りをして百姓家を睨み付けていた。

そして、山崎左内は家来たちに百姓家の周囲を調べさせていた。

久蔵は、小川に架かる小橋の袂から百姓家と真一郎たちを見守っていた。

百姓家から味噌汁の匂いが漂った。

「浪人共、食い物や酒を用意して勇次郎を拉致したんですね」

和馬は睨んだ。

「おそらくな……」

久蔵は頷いた。

田中たち浪人は、綿密な企てを立てて勇次郎を拉致したのだ。

久蔵は、そこに田中たち浪人の強い覚悟が秘められているのを知った。

幸吉と勇次は、弥平次の指示で千駄木坂下町の一膳飯屋で握り飯と味噌汁などを調達して来た。

「こいつはいい……」

久蔵は喜んだ。

勇次は、石組の竈《かまど》を作って味噌汁を温めた。

「美味えな……」

久蔵は、握り飯を食べて温かい味噌汁をすすった。

「ええ。身体が温まりますよ」

弥平次は笑った。

久蔵、和馬、弥平次、幸吉、勇次は、湯気の立つ味噌汁と握り飯で腹拵《はらごしら》えをした。

真一郎は、久蔵たちを苛立たしげに一瞥して眼を背けた。

百姓家の周囲を調べた家来が、真一郎と山崎の許に駆け寄った。

「如何であった」

真一郎は、家来を急《せ》かした。

「はっ。浪人共は四人。皆、居間で酒を飲みながら飯を食べています」

「おのれ……」

真一郎は、腹立たしげに吐き棄てた。

「勇次郎さまは……」

山崎は訊いた。

「仁吉と申す町方の者が、納戸に飯を運んでいました。勇次郎さまは、おそらく納戸に閉じ込められているものかと……」

家来は睨んだ。

「納戸と居間の場所は……」

「はっ……」

家来は、小枝を使って地面に百姓家の見取図を描き、居間、納戸、裏口、座敷などの位置を説明した。

「よし。山崎、相手は四人の食詰め浪人と下郎の五人。表と裏から一気に攻め込み、勇次郎を救い出そう」

真一郎は意気込んだ。

「お言葉ですが……」

山崎は眉をひそめた。

「黙れ、山崎。如何に江戸の外れでの出来事とは云え、大名旗本や江戸の者たちにこの騒ぎが聞こえぬ筈はない。早々に浪人共を成敗し、勇次郎を助け出すのだ。さもなければ我が進藤家は御公儀のお咎めを受け、武門の恥辱を天下に晒す事になるのだ」

真一郎は、焦りを滲ませた。

山崎は項垂れた。


四人の家来たちが、桜の古木から離れて千駄木坂下町に向かった。

「何処に行くんですかね……」

和馬は眉をひそめた。

「何かが起こりそうだな……」

久蔵は睨んだ。

「ええ。幸吉、勇次……」

弥平次は、幸吉と勇次に尾行を命じた。

幸吉と勇次は、充分に距離を取って家来たちを追った。

時が流れた。

勇次が駆け戻って来た。

「どうした」

弥平次が迎えた。

「はい。さっきの家来たちは、大きく迂回して百姓家の裏手に廻りました」

勇次は告げた。

「そうか、表と裏から同時に斬り込むつもりか……」

和馬は睨んだ。

「ああ。きっとな……」

久蔵は苦笑した。

山崎が、二人の家来を従えて百姓家の戸口に向かった。

「だが、上手くいくかどうか……」

久蔵は眉をひそめた。

流れる雲が陽を隠し、冬枯れの田畑は日陰に覆われた。

三

百姓家は静まり返っていた。

田中たち浪人は、既に山崎たち進藤家の家来たちが動いたのに気付いている筈だ。

久蔵たちは見守った。

山崎は、百姓家の戸口の前に立ち、二人の家来が戸口の左右に張り付いた。
二人の家来は、山崎を窺った。
山崎は頷いた。
二人の家来の一人が、戸口を叩こうとした。
刹那、黒木が板戸を開け、白刃を閃かせて飛び出した。
戸口を叩こうとした家来は、血を振り撒いて倒れた。
山崎と残った家来は、思わず飛び退《の》いた。
黒木は、一気に間合いを詰めて刀を横薙ぎに一閃した。
残った家来は喉元から血を噴き上げ、独楽《こま》のように廻って倒れた。
黒木は、素早く身を翻して山崎に迫った。
山崎は、刀を青眼に構えて対峙した。
黒木は薄く笑った。
山崎の中で困惑と恐怖が交錯した。
黒木は、若いながらもかなりの剣の手練《てだ》れだった。
「やるな……」

久蔵は、若い黒木の剣の冴えに感心した。

和馬は、眉をひそめて喉を鳴らした。

弥平次と勇次は、息を詰めて立ち尽くした。


百姓家の裏手から怒号があがった。

迂回した家来たちが、裏手から斬り込んだのだ。

「下手な策だな……」

黒木は嘲笑った。

「おのれ……」

山崎は、表と裏から同時に斬り込む企てを見抜かれていたのを知った。


刃の咬《か》み合う音と怒号が飛び交った。

幸吉は、物陰に潜んで見守っていた。

裏に迂回した四人の家来たちは、待ち構えていた横塚と土田に激しく斬り立てられた。

横塚と土田に容赦はなかった。

四人の家来たちは、手傷を負いながらも横塚や土田と必死に斬り結んだ。そして、一人の家来が百姓家にどうにか入り込んだ。

次の瞬間、現れた田中が、入り込んだ家来を真っ向から斬り下げた。

家来は額を斬り割られ、大きく仰け反って倒れた。

残る家来たちは怯んだ。

「どうしたどうした。これが威張り腐っていた旗本進藤家の正体か……」

横塚は大声で笑った。

「おのれ……」

家来の一人が、怒りを滾《たぎ》らせて横塚に斬り付けた。

横塚は斬り結んだ。

そして、土田が横塚と闘っている家来を背後から斬った。

「ひ、卑怯な……」

斬られた家来は、苦しげに呻いた。

「馬鹿野郎。斬り合いは殺し合いだ。道場の稽古とは違うぜ」

土田はせせら笑った。

残った二人の家来は身を翻し、百姓家の裏手から転げるように逃げた。

田中、横塚、土田は、笑って見送った。

山崎と黒木は、鋭く斬り合った。だが、山崎は黒木の敵ではなかった。

黒木は、山崎を弄《もてあそ》んだ。

「退《ひ》け。山崎、退け……」

真一郎の叫び声が飛んだ。

山崎は、微かな動揺を過ぎらせた。

黒木は薄く笑った。

侮りを含んだ薄い笑いだった。

「飼い主が呼んでいるぜ……」

「黙れ……」

山崎は、若い黒木に笑われて屈辱に塗《まみ》れた。

「織部を連れて出直して来るんだな」

「殿を……」

「ああ。織部が来なければ勇次郎の命はないし、進藤家の恥を天下に晒す事になるぜ」

黒木は刀を引き、山崎を残して百姓家に戻って行った。

山崎は立ち尽くした。そして、斬り死にした二人の家来を悄然《しょうぜん》と見つめた。

「どうした山崎。早く戻って来い」

真一郎は怒鳴った。

山崎は、真一郎を無視して死んだ家来に近付いた。そして、死んだ家来の一人を担ぎあげ、残る一人を引き摺って退こうとした。だが、二人の死体を一度に運ぶのは難しかった。


久蔵は眉をひそめた。

「和馬、手を貸してやれ」

「はい」

和馬は頷き、山崎の許に走った。

幸吉と勇次が続いた。

「用人ってのも、辛くて厳しい役目ですね」

弥平次は、山崎に同情した。

「弥平次、主の気まぐれで命を懸けるのも扶持米《ふちまい》を貰っている武士の役目よ……」

久蔵は、微かな淋しさを過ぎらせた。

和馬、幸吉、勇次は、山崎を手伝って二人の家来の死体を桜の古木の下に運んだ。


雲海坊と由松は、旗本の進藤織部の身辺を調べ続けた。

進藤織部は、仕官を望む浪人を屋敷に集めては剣の腕を競わせていた。

勝った者を仕官させる……。

集まった浪人たちは、仕官したさに必死に闘った。

「織部の野郎、仕官を餌に浪人を闘わせて見物しているそうですぜ」

由松は吐き棄てた。

「ああ……」

雲海坊は、腹立たしげに頷いた。

仕官が望みの浪人たちは、織部の命令で木刀や真剣で立合い、中には深手を負って死んだ者もいると云う噂だった。

「そして、勝った処でいろいろ因縁を付けて中々仕官させねえって話だぜ」

「ええ。早い話が織部の野郎、仕官を願う浪人を玩具にしているんですよ」

「その辺かもしれねえな。浪人共が勇次郎を拐かした訳は……」

雲海坊は眉をひそめた。

「雲海坊の兄貴……」

由松は進藤屋敷を示した。

血相を変えた家来が、進藤屋敷に駆け込んで行った。


陽は西に傾いた。

田中たち浪人は、百姓家に籠もって動かなかった。

進藤真一郎は、怒りを滾らせて百姓家を睨み付けていた。

用人の山崎左内は、斬り死にをした家来たちを近くの長林寺に安置し、手傷を負った者たちを医者に診《み》せた。

「真一郎の奴、どうするつもりなんですかね」

和馬は首を捻った。

「腕の違いははっきりした。最早、無闇に斬り込む事もあるまい」

久蔵は読んだ。

「じゃあ、後は進藤織部さまが来るしかありませんか……」

弥平次は睨んだ。

「ああ……」

「でも、来ますかね。進藤織部さま……」

幸吉は眉をひそめた。

「倅《せがれ》が拉致された挙げ句、家来が何人も殺されているんだ。もう知らぬ顔も出来まい」

久蔵は苦笑した。

「来なきゃあ来ないで、織部さまの評判は落ち、進藤家は天下に恥を晒しますか……」

弥平次は読んだ。

「まあ、そんな処だな」

「じゃあ、進藤家の殿さま、来るんですね」

勇次は、千駄木坂下町の通りを見た。

由松が駆け寄って来た。

「親分、由松の兄いです」

勇次は告げた。

「どうした……」

「はい。進藤織部さまが来ます」

由松は、息を鳴らして報告した。

「秋山さま……」

「やっと出て来たか……」

久蔵は冷笑を浮べた。

頭巾を被った武士たちが、千駄木坂下町から足早にやって来た。

久蔵は、やって来た頭巾の武士を厳しく見据えた。

「進藤織部か……」

進藤織部は、塗笠を被った武士と血相を変えて報せた家来を従えていた。その後から雲海坊がやって来た。

進藤織部は、桜の古木の下にいる真一郎と山崎左内たち家来の許に進んだ。

「父上……」

真一郎は、織部に駆け寄って何事かを必死に訴え始めた。

山崎たち家来は、真一郎の背後に控えた。

織部は、真一郎の訴えを聞いて百姓家に険しい眼を向けた。

久蔵たちは見守った。

雲海坊が、久蔵たちに駆け寄って来た。

「御苦労だったな」

弥平次は労った。

「いえ……」

「雲海坊、由松、それで何か分かったか……」

「はい……」

雲海坊と由松は、進藤織部が仕官を餌にして浪人たちを立合わせている事を告げた。

「仕官を餌に立合わせる……」

久蔵は眉をひそめた。

「はい。木刀や真剣で……」

由松は、腹立たしげに告げた。

「織部は、それを見物しているとか……」

雲海坊は、桜の古木の下にいる進藤織部を暗い眼で見つめた。暗い眼には、怒りが滲んでいた。

「それで、立合った浪人の中には死んだ者もいるそうです」

由松は、喉を引き攣らせた。

「で、由松、勝った浪人は仕官が叶ったのか」

和馬は尋ねた。

「そいつが中々……」

「叶わないのか……」

「ええ。いろいろ因縁を付けて仕官はさせないとか。汚い野郎ですぜ」

由松は吐き棄てた。

「進藤織部、仕官を願う浪人たちを弄んでいやがるんです」

雲海坊は、怒りに声を微かに震わせた。

和馬、弥平次、幸吉、勇次は、浪人の弱味に付け込んだ織部の悪辣《あくらつ》さに啞然とした。

「おそらく、野良犬と蔑んでな……」

久蔵に田中の言葉が蘇った。

野良犬の意地と矜持……。

織部の奸計《かんけい》に堕ちて死んだ浪人に、田中たちと親しい者がいたのかもしれない。田中たちは、仕官を望む浪人を弄ぶ織部に怨みを晴らし、意地と矜持を護ろうとしているのだ。

久蔵は、田中たち浪人の進藤勇次郎拉致の真相を知った。

「秋山さま……」

弥平次が織部たちを示した。

進藤織部は、塗笠を被った武士を従えて桜の古木の下を出た。

久蔵たちは、緊張した面持ちで見守った。


進藤織部は、頭巾を被ったまま進んだ。

従う武士は、塗笠を取りながら続いた。

武士は総髪であり、その身のこなしと目配りは剣の手練れである事を窺わせた。

「雲海坊、あの武士は何者だ……」

和馬は尋ねた。

「進藤家には、芹沢兵衛《せりざわひようえ》って剣術指南の剣客が出入りしているそうです。きっとそいつかもしれません」

雲海坊は眉をひそめた。

「剣術指南の芹沢兵衛か、違いあるまい……」

久蔵は見定めた。

進藤織部は、芹沢兵衛を従えて百姓家の前に進み出た。

「止まれ……」

百姓家から厳しい声が投げ掛けられた。

織部と芹沢は立ち止まった。

板戸を開け、田中が横塚や土田と共に出て来た。

「遅かったな……」

田中は、織部を冷たく見据えた。

「甲州浪人の田中芳之助か……」

織部は、田中を怒りの籠もった眼で睨み付けた。

「ああ……」

田中は笑った。

「勇次郎を早々に解き放て……」

「そうはいかねえ……」

「なに……」

「勇次郎を返して欲しければ、手前が玩具にした挙げ句、死なせた浪人たちに切腹して詫びるのだな」

田中は、織部に告げた。

「黙れ。儂は直参旗本、仕官を望む者共の剣の腕を試して何の不都合がある。命を落とした者共は、己の力が及ばなかったと恥じるべきであろう」

織部は傲慢に告げ、田中の言葉を一蹴した。

「おのれ、織部……」

横塚は熱り立ち、刀の鯉口を切った。

芹沢は、織部を庇うように素早く身構えた。

「横塚……」

田中は横塚を制した。

緊迫した気配が一気に漲った。

「田中、勇次郎を返せ……」

「織部、切腹の覚悟をして出直して来い」

田中、横塚、土田は戸口に後退りした。

「待て、田中……」

織部は焦った。

芹沢は、抜き打ちに構えて田中に迫った。

「止めろ、芹沢……」

勇次郎の悲鳴のような声があがった。

「勇次郎……」

織部と芹沢は、慌てて声の出処を探した。

百姓家の窓の格子に押し付けられて歪んだ勇次郎の顔があった。そして、その背後に黒木の笑顔があった。

「勇次郎……」

織部は思わず叫んだ。

「父上……」

勇次郎はすすり泣いた。

「織部、可愛い倅を死なせたくなければ、下手な真似はせず、潔く己の傲慢さと非情さを詫びて腹を切るんだな」

田中は、横塚や土田と百姓家に入り、板戸を閉めた。

「父上、助けて……」

勇次郎が悲痛な声をあげ、百姓家の格子窓の傍から消えた。

「おのれ、野良犬が……」

織部は吐き棄てた。

陽は西に傾き、織部と芹沢の影を長く伸ばし始めた。

四

田中芳之助たちは、仕官を願う浪人たちを弄んだ旗本の進藤織部に怨みを晴らし、野良犬の意地と矜恃を護ろうとしている……。

久蔵は知った。

「どうします、秋山さま……」

和馬は、久蔵を窺った。

「悪いのは、勇次郎を拉致した田中たち浪人ですが……」

和馬は言葉を濁した。

「もっと悪いのは、浪人共を弄んだ進藤織部か……」

久蔵は苦笑した。

「はい……」

和馬は、厳しい面持ちで頷いた。

「みんなはどう思う……」

久蔵は、幸吉、雲海坊、由松、勇次に尋ねた。

幸吉たちは口籠もった。

「みんな。秋山さまのお尋ねだ。思う処を遠慮なく云いな」

弥平次は促した。

「はい。あっしは和馬の旦那と同じです」

幸吉は告げた。

「あっしも……」

勇次が続いた。

「誰も好きこのんで浪人になった訳じゃあねえ。それなのに弱味に付け込んだ非道な所業。許せるもんじゃありませんぜ」

　由松は、怒りに声を擦れさせた。

「秋山さま、浪人たちの遣り方も決して誉められたもんじゃありませんが、此処で進藤織部を直参旗本だからと見逃したら、町方の者は誰も御政道を信じませんよ」

　雲海坊は、穏やかに笑った。

「そうか。みんなの気持ちは良く分ったぜ」

　久蔵は微笑んだ。

「じゃあ……」

　弥平次は、久蔵の指示を待った。

「田中たちの意地と矜持を護らせて、お縄にする……」

「お縄に……」

　和馬は戸惑った。

「ああ。そして、評定所で事の次第を証言させ、旗本進藤織部の悪行を天下に訴える」

　久蔵は決めた。

それが、進藤織部に責めを取らせ、田中たち浪人の望みを叶える唯一の手立てなのだ。

「ですが、拉致されている勇次郎は、町奉行所の支配違いの旗本です。田中たちを何の罪でお縄に……」

「強請たかりに、万引き食い逃げ、そいつは何でもでっち上げる」

久蔵は不敵に笑った。

「心得ました」

和馬と幸吉たちは、楽しげに笑った。

煙が流れて来た。

「秋山さま……」

勇次の切迫した声がした。

火の付いた松明を手にした進藤家の家来たちが、用人の山崎に率いられて百姓家の裏手に走った。

進藤織部は、真一郎と芹沢を従えて百姓家に再び向かっていた。

「此処にいろ」

久蔵は、和馬と弥平次たちに命じて織部の許に走った。

「待て……」

久蔵は、織部の前に立ち塞がった。

「南町奉行所の与力秋山久蔵か……」

織部は、久蔵を睨み付けた。

「左様……」

「その秋山が、直参旗本の儂に何用だ」

織部は、傲慢に云い放った。

「百姓家にいる浪人共は、我らが追っているお尋ね者。手出しは無用……」

「黙れ。浪人共は、無礼にも旗本の儂に楯突《たてつ》く野良犬。成敗してくれる」

「そうはいかねえ」

久蔵は苦笑した。

「なに……」

「成敗するのは、野良犬がどうしてお前さんに牙を剝いて楯突くのか、天下に披露してからだぜ」

久蔵は、織部を厳しく見据えた。

「秋山……」

織部は、顔を強張《こわば》らせた。
「進藤さま……」
芹沢が、織部を庇うように進み出た。
久蔵は、それとなく身構えた。
百姓家の裏手から火の手が上がった。
火は風に煽られ、大きく燃え上がった。
「芹沢……」
織部は叫んだ。
芹沢は、百姓家の戸口に走った。
横塚が、火に追われるように百姓家から飛びだして来た。
芹沢は、抜き打ちの一刀を横塚に放った。
横塚は、血の噴き出す腹を抱えて前のめりに崩れ落ちた。
芹沢の鮮やかな抜き打ちだった。
久蔵に止める間はなかった。
「横塚……」
土田が、百姓家の中から飛び出して来て、芹沢に猛然と斬り掛かった。

芹沢は後退せず、鋭く踏み込んだ。

土田は戸惑った。

戸惑いは、攻撃を一瞬遅らせた。

芹沢は、その一瞬を衝いて刀を土田の胸元に突き刺した。

土田は仰け反った。

芹沢は、土田の胸元から刀を引き抜きながら大きく飛び退いた。

「おのれ……」

土田は、苦しげに呻いて前のめりに倒れた。

百姓家は燃え上がり、炎と煙が音を立てて渦を巻いた。

山崎たち家来が、百姓家の裏に火を放って出て来た。

久蔵は立ちはだかった。

「山崎左内、付け火は天下の大罪。火焙りの刑を逃れたければ、これ以上の愚かな真似は止めるのだ」

久蔵は、厳しく一喝した。

山崎たち家来は、久蔵の言葉に怯んで顔を見合わせながら後退りした。

「何処に行く山崎。待て……」

真一郎は喚いた。だが、山崎たち家来は散った。

二人の男が、百姓家から織部に向かって飛び出した。

織部は、咄嗟に抜き打ちの一刀を放った。

前にいた男が袈裟懸けに斬られ、悲鳴をあげて立ち竦んだ。

斬られた男は、猿轡を嚙まされ後ろ手に縛られた勇次郎だった。

「勇次郎……」

織部は愕然とした。

「父上……」

勇次郎は、泣きながら倒れた。

「勇次郎……」

織部は、己が斬り棄てた相手が我が子と知り、呆然と立ち竦んだ。

「父上、勇次郎……」

真一郎は、事の成り行きに激しく震えた。

「死ね、織部……」

勇次郎の背後にいた黒木が、刀を翳して織部に襲い掛かった。

織部は、慌てて応戦した。

「おのれ……」

芹沢は、織部を助けようとした。だが、田中が芹沢の前に立ち塞がった。

「退け……」

芹沢は、田中に鋭く斬り付けた。

田中は、必死に斬り結んだ。

百姓家は炎と煙を激しく巻き上げた。

織部は、黒木の鋭い攻撃に後退りした。

「真一郎、助けろ。儂を助けろ……」

織部は、後退りしながら真一郎に命じた。

真一郎は、刀を震わせながら黒木に斬り掛かった。

芹沢は焦った。

田中は、織部を助けに行こうとする芹沢の邪魔をした。だが、田中は芹沢の敵ではなかった。

芹沢は、田中に袈裟懸けの一刀を放った。

田中は、肩から胸元を袈裟懸けに斬られて跪《ひざまず》いた。

芹沢は、斬り合う織部と黒木の許に走った。だが、田中が芹沢の足にしがみついた。

「く、黒木、早く織部を……」

田中は、芹沢に引き摺られながら顔を歪めて叫んだ。

斬られた傷から血が流れた。

「おのれ、邪魔するな」

芹沢は、田中の腹に刀を突き刺した。

田中は、眼を剝いて痙攣し、絶命した。

田中……。

久蔵は、織部を助けに行こうとする芹沢の前に進みでた。

「退け……」

芹沢は、焦りを浮べて久蔵を睨み付けた。

「野良犬の意地と矜恃、護る邪魔はさせぬ」

久蔵は、芹沢を見据えて身構えた。

「おのれ、町奉行所の与力でありながら、進藤さまのお命を狙う浪人共を助ける気か……」

「いいや。町奉行所の役人は、生かして捕らえるのが役目。その役目を果たす迄

「……」

久蔵は冷笑を浮べた。

「黙れ……」

芹沢は、久蔵に鋭く斬り付けた。

久蔵は、飛び退いて躱して刀を抜き払った。

百姓家は赤い炎に包まれた。

叩き鳴らされる半鐘の音が、千駄木坂下町から響き始めた。

黒木は、後退りする織部に迫り、横薙ぎの一刀を鋭く放った。

織部は、脇腹から血を飛ばして蹲った。

「死ね、外道……」

黒木は、蹲った織部を真っ向から斬り下げた。

閃光が織部を斬り裂いた。

織部は、斬られた額から血を流し、呆然とした面持ちで横倒しに倒れた。

「野良犬の意地と矜持、思い知ったか……」

黒木は、弾む息を整えた。

刹那、黒木は仰け反った。

真一郎が、黒木を背後から刺した。

黒木は振り向き、真一郎を厳しく見据えた。

「おのれ……」

真一郎は、黒木の背に刀を刺したまま後退りし、悲鳴をあげて無様に逃げた。

黒木は、背中に突き刺さった刀を抜いて投げ棄て、膝から崩れた。


「和馬の旦那……」

弥平次は眉をひそめた。

「みんな、奴を死なせてはならぬ」

和馬は、黒木の許に走った。

幸吉、雲海坊、由松、勇次が続いた。

弥平次は、斬り結ぶ久蔵と芹沢を見守った。


百姓家は燃え盛った。

久蔵と芹沢は、炎を背にして対峙した。

「進藤織部が斬られた今、最早斬り合いは無用。刀を引け」

「黙れ……」
芹沢は、刃風を唸らせて猛然と斬り付けた。
久蔵は斬り結んだ。
芹沢の剣は鋭く、刃風を短く鳴らした。
久蔵は、鍔迫《つばぜ》り合いに持ち込んだ。
「何故、死に急ぐ……」
久蔵は、嘲笑を浮べて囁いた。
「なに……」
芹沢は戸惑った。
久蔵は、その隙を突いて飛び退いた。
芹沢は、誘われるように追って踏み込んだ。
刹那、久蔵は身を沈め、刀を横薙ぎに鋭く一閃した。
刀は、燃える炎を受けて赤い閃光となった。
芹沢は、腹を斬られて凍て付いた。
久蔵は、素早く体勢を入れ替えながら芹沢の首の血脈を刎《は》ね斬った。
芹沢の首から血が霧のように噴き出した。

久蔵は飛び退き、残心の構えを取った。

心形刀流《しんぎょうとうりゅう》の鮮やかな一太刀だった。

芹沢は口惜しげに顔を歪め、首から血を流して倒れ込んだ。

久蔵は、残心の構えを解いた。

百姓家は炎を噴きあげ、音を立てて焼け落ちた。


浪人の田中、横塚、土田は死んだ。そして、黒木は辛うじて命を取り留めた。

旗本の進藤織部は、田中たち浪人の望み通りに死んだ。

次男の勇次郎、剣術指南の芹沢兵衛、小坂仙之助たち家来は、憐れにも織部と田中たちの道連れになった。


久蔵は、事の顛末と真相を目付に報せ、黒木と進藤家用人の山崎左内に証言させた。

目付は、一件を評定所に持ち込んだ。

評定所は、仕官を望む浪人たちに対する進藤織部の悪行を認めた。そして、進藤織部が死んでいるのを考慮し、進藤家の石高を半分に減らし、家督を継いだ真一郎に閉門を命じた。

野良犬の意地と矜持は護られた……。

久蔵は、傷の癒えた黒木に世間を騒がした罪で江戸十里四方払の裁きを下した。

黒木は、和馬と幸吉に見送られ、高輪《たかなわ》の大木戸から旅立った。


師走にしては暖かい日だった。

久蔵は、十手、鼻捻《はなねじ》、萎《なえ》し、鈎縄《かぎなわ》、萬力鎖、角手、南蛮鈎《なんばんかぎ》、目潰、六尺棒などの捕物道具を濡縁に並べた。

太市は眼を輝かせた。

久蔵は、捕物道具それぞれの特徴と使い方を説明した。

若い太市は、興味津々で久蔵の説明を聞いた。

「太市、知っての通り、俺は何処で誰に怨まれているか分かりはしねえ。そのとばっちりは、お前にも降り懸かるだろう」

「はい……」

太市は、緊張を過ぎらせた。

「その時の為、この捕物道具を一通り使ってみて、性に合うのを選ぶんだな」

「はい」

太市は、嬉しげに頷いた。

「旦那さま、お茶がはいりました」

香織とお福が、茶と茶菓子を持って廊下をやって来た。

「おう……」

「太市ちゃんのお茶もありますよ。さあ、一緒に戴きましょう」

お福は、太市に告げた。

「は、はい……」

太市は戸惑った。

「太市、こいつが秋山の家だ。遠慮は無用」

「そうですよ」

久蔵と香織は微笑んだ。

「はい。ありがとうございます」

太市は、湯気のあがる湯呑茶碗を手にして踏石に腰を下ろした。

久蔵、香織、お福、太市は、冬の陽差しを浴びて茶を飲んだ。

「さあさあ大助さま、御父上さまに御母上さま、それに婆やのお福に太市ですよ……」

与平が大助を抱き、木戸から庭先に賑やかに入って来た。

大助は、機嫌良く笑っていた。

「お前さん、大助さま、寒くはなかったでしょうね」

お福は眉をひそめた。

「なあに、町内を一廻りして来たが、大助さまは辺りを眺めて大喜び。犬の頭を恐れもせずに撫で廻したよ」

「与平、大助はまだ五ヶ月。犬の頭を撫でるなどと……」

香織は苦笑した。

「いいえ、奥さま。大助さまは本当に利発で賢いお子……」

「与平、そのぐらいにしておけ……」

久蔵は苦笑した。

「は、はい……」

「さあ、大助、母の許においでなさい」

香織は、与平から大助を受け取った。

「本当にお前さん、大助さま馬鹿にも程がありますよ。さ、黙ってお茶を飲みなさい」

お福は、与平を厳しく窘めた。

与平は、まるで叱られた子供のように身を縮めて茶をすすった。

久蔵は笑った。そして、お福がふくよかな身体を揺らして続いた。

香織と太市も、堪《こら》えていたものを吐き出すように笑い出した。

秋山屋敷は冬の陽差しに包まれ、庭先には長閑な笑い声が溢れた。

大助と太市が加わった秋山家は、穏やかに年の暮れを迎えようとしていた。

この作品は「文春文庫」のために書き下ろされたものです。

文春文庫

秋山《あきやま》久蔵《きゆうぞう》御用《ごよう》控《ひかえ》

定価はカバーに表示してあります

付《つ》け火《び》

2012年12月10日　第1刷

著　者　藤《ふじ》井《い》邦《くに》夫《お》
発行者　羽鳥好之
発行所　株式会社 文藝春秋

東京都千代田区紀尾井町 3-23　〒102-8008
TEL　03・3265・1211
文藝春秋ホームページ　http://www.bunshun.co.jp
落丁、乱丁本は、お手数ですが小社製作部宛お送り下さい。送料小社負担でお取替致します。

印刷・大日本印刷　製本・加藤製本

Printed in Japan
ISBN978-4-16-780515-9